情逝义还在

慕秋（香港）著

图书在版编目（CIP）数据

情逝义还在 / 慕秋著 . —— 北京：企业管理出版社 ,2017.9

ISBN 978-7-5164-1564-1

Ⅰ . ①情… Ⅱ . ①慕… Ⅲ . ①中国文学—当代文学—

作品综合集 Ⅳ . ① I217.2

中国版本图书馆 CIP 数据核字 (2017) 第 189351 号

书　　名：情逝义还在

作　　者：慕　秋

责任编辑：徐金凤　黄　爽

书　　号：ISBN 978-7-5164-1564-1

出版发行：企业管理出版社

地　　址：北京市海淀区紫竹院南路 17 号　　　邮编：100048

网　　址：http://www.emph.cn

电　　话：编辑部（010）68701638　发行部（010）68701816

电子信箱：qyglcbs@emph.cn

印　　刷：虎彩印艺股份有限公司

经　　销：新华书店

规　　格：145 毫米 ×210 毫米　　32 开本　6.5 印张　130 千字

版　　次：2017 年 9 月第 1 版　　2017 年 9 月第 1 次印刷

定　　价：39.80 元

情深义重　人格光辉所在

（自序）

　　爱情不是一颗心的呼唤，而是两颗心相互撞击迸发出的火花，是男女双方共同拥有的感觉。

　　过来人都明白，恋爱时的激情，会随着时光和生活而流逝，逐渐淡化，日积月累的种种矛盾，有可能从相知相惜走向离心离德。

　　男人失去夫妻情爱时，大可以事业为重，在名利场寻找满足。或者，抛开前尘，重新开始，再谈一场恋爱。有的更远走异乡，身远心更远，生死两茫茫，毫不牵挂。

　　女人的情形就大不同了，她们一旦结婚，便将全部的爱倾注在一家老小身上，一旦发生变故，首先想到的是孩子和家庭何去何从？自身安危倒摆在次要地位。由此，许多女性选择了默默忍受。

　　在曼谷海边的一个渔村，有位贤淑能干的好女人，她祖籍广东，少女时代下南洋。她嫁的男人对她很好，他们胼手胝足，经过长久苦干，有了屋，有了船，有了晒场。不过，生活着实不易，多少年后，五十岁的她已是皮肤枯黄，身材削瘦，面目全非，仅是腰背仍直挺。她丈夫的身架变形不大，端正魁伟，脸膛黑红，整个轮廓留有阳刚余威。有一夜，她拒绝丈夫的求欢，对他说："我已生了十个，太累了，不能再给你，如果你需要，可以去找妓女，我不会计较。"

　　只要是天晴的日子，丈夫便出海打鱼，他的每船渔获都是家人生存的资源，他年长日久的爱心都盛装在这条船上。他也许不懂人世间风花雪月的浪漫，也不懂女性的生理心理，更不懂理论上的情义为何物，但他一生所做，超过了人类"遵守诺言，履行誓约"的一般标准，他是称职的儿子、丈夫、父亲，从未卸下对家庭的道义责任。

君子做人，情在，义也在；情逝，义还在。

情深义重，是人格境界的光辉所在，是道德修养的试金石。

本书汇集了近年发表的部分小品文、散文随笔及小说等，主要内容是倾诉本人对生活喜忧的观感，并着重探讨伦理道德与情义领域的各式表现。

我将此书献予中华大地上情深义重、有品有德的人们，特别是勇于奉献、独立自信的女同胞。愿每个人、每个家庭都拥有温馨美好的生活。

同时，也希望普天下小朋友，包括我的三个幼孙——Claire、Ryan、Lyon，能在良好的社会和家庭环境中成长，品性优秀，情感正常，心理健康，具责任心，为人类进化有所贡献。

慕　秋

于九龙塘　2016 年春

香江风情

往事如梦

旅途趣闻

随议杂感

百态人生

情义交融

香江风情

闭着眼付账

本港培育一个孩子花费若干？有说二百八十万的，有说四百万的，有说七百万的，具体到资深传媒人查小欣的说法，她儿子在美国读大学，一年学费及生活费约需八十万，完成四年大学学业已是三百二十万了。电台财经节目主持赵海珠也说：她的儿子读幼儿园每月学费六七千元，二百八十万是不能供儿子读完大学的。

最新调查显示，七成受访家长未预备足够金钱栽培子女，当中有一半人称差一百万至四百万。我与儿媳讨论此问题，她认为这个数根本没法计算，算不清的，干脆不算也罢了，有能力就多花，没能力去上有学券的学校也行的。

一对相熟夫妇，接连生下三个儿子，家里请三个菲佣，每人照顾一个孩子，还有一个钟点工搞清洁，再有一个全职司机车出车人，太太是不上班的，先生一人养家。他年纪不大，也非富豪，眼见他几年来连购几层楼，我们笑说他是在为儿子预先置业，将来一人一层一般大小不用打架。据知他的打算是：因为现在可以挣到些钱，就尽量给孩子们最好的，将来挣不到了，再说。可怜天下父母心！

一个小朋友的学费、补习、兴趣班、佣工等就是一大笔开销，家里有几个子女的，如果又去读私校，这钱就真不要算了，闭着眼付账吧！

　　父母总在讨论，教育子女最重要的是什么？道德、诚信、自觉、无私……这些确是子女成才不能忽略的因素，但是，追求高贵精神离不开经济基础，因钱施教比因材施教更现实，要子女出人头地，父母首先要牛马般工作。

都会乞丐

　　九龙塘火车站通往又一城的天桥上，常有乞丐出没，常见的是一位婆婆，她低着头，面前放个铁盒，我家孙儿每次走过，都会向我要一个硬币放进婆婆的盒里。有一次，他看见婆婆正吃一盒咸蛋饭，就高兴地说：噢！我给了她钱，她就有饭吃啰！

　　以前九龙火车站通往尖东的天桥上，也是常有乞丐讨钱，我经常走过天桥的那几年，也常见到一位婆婆，她并不坐在地上，而是拄一根棍，走来走去向人乞讨。每见她枯瘦如柴、颤颤微微的样子便觉心酸：我到老时，千万不要落到如斯境地啊！

　　当年还有一位两腿畸形的年轻男子，他吹口琴技艺高超，悦耳动听，而且曲目丰富，大多是名歌星唱熟、唱红了的，急匆匆的路人纷纷往他的乞讨杯中扔钱，"叮当"声一直不停。

　　还有一位印象深刻者是西方人士，仅见过一次。那男人大约三十多岁，身材魁梧，他背靠天桥坐于地上，弹着一把比大提琴略小的奇怪乐器，眼睛四处张望。他身边葫芦形的乐器空盒空盖里，一边是个一岁左右的洋娃娃，另一边是个约三岁的洋小子，他们睡相可爱，小的那个张着嘴，尖鼻子朝天，大的那个侧着身，两条腿伸出盒外。看到这父子三人，我有不少疑问：孩子们的妈妈呢？是去工作了吗？这男人是在玩乐器，还是真讨钱？父子三人看来营养都不错，估计是玩耍成分居多，顺便赚点外快吧？

舒服就是好屋

　　港岛海怡半岛、九龙海怡豪园、新界加州花园、黄金海岸等处售楼时，许多人不管路途远近，潮水般涌去，目的不是买楼，倒像是旅游，又吃又玩。总之，港人喜欢参观楼盘，每逢有大盘开售，停车场爆满，示范单位人流不息，上下楼要排队。

　　有些年，每逢周末，我家也借郊游到处看屋。有一次听人说某处有"鬼屋"，我们决定前往探究。事前了解了大概路径，驾车沿沙田方向，转入小路后，很快便看到一片丁屋散落于路旁、坡上。有两座房屋被火烧过，黑乎乎的仅剩个空架，而传说中的那间三层高"鬼屋"，远看相当漂亮，颜色鲜亮，走近看，竟无路，要在没膝的杂草中踩踏。

　　"鬼屋"门窗大开，地板长了青苔，每层的房间及大厅宽敞得令人羡慕，四周晾台也很敞亮。我的感觉，如说有什么不妥引发恐惧，问题可能不是出在屋内，而是整栋房子面对墨绿幽深的峡谷，人站在高处外望，双脚发虚，似乎浓密植被中有无数眼睛在偷窥。同行家人都说，此屋虽大，但打死也不会来住。

　　风水师讲看得人舒服就是好屋，我看过的靓屋大多是在新界：有的屋用不锈钢盖顶层，阳光下熠熠生辉；有的傍山而建，大门内的石阶，伴着奇花异草及罗马风格的雕塑，蜿蜒而上连接门厅；还有的几栋打通，进去好似入了迷宫……这些屋不同于市区独立豪宅，它们胜在融入于自然环境之中。

雪蟹红蟹

元朗市区有家酒楼，一碗鲍鱼花胶鱼翅羹九点八元，一只豉油乳鸽二十八元，一块脆皮乳猪也是二十八元，周末不加价，三样这么便宜的食品其实质量相当不错。

每间食肆都有吸引食客的招数，如锦田市一间酒楼，前两年刚开张时生意一般，当地村民指出："价格太高了，多少人吃得起？偶尔吃一次还可以，不可能常来吃。"酒楼立刻改变经营手法，周一至周五推出优惠价，如蒸条石斑只收四十八元，这种价格的菜有多种，到周末才加回原价六十八元。

这间酒楼六七十元的菜肴有几十种，任君选择，即使是高档菜，如波士顿龙虾伊面一八八元，叫价也不高，鲍鱼蛏子等按只计，两只起蒸，一般人都吃得起。许多村民以此处作饭堂，眼见酒楼生意做得红红火火。

我曾写过新加坡物价较贵，吃碗普通牛腩面要十多元新币，两元新币的芽菜没几条，一百港元在那里只可吃碗最简单快餐。但也有例外，一些略高档次的餐厅，收费反倒令人觉得可以接受。

金沙商场有家自助餐厅，以阿拉斯加出产的雪蟹、红蟹、金蟹、皇帝蟹作招牌，成人食客收费六十五新币，孩子不收费。进去后随你吃多久，冷热蟹脚、生蚝、三文鱼等海鲜应有尽有，其他中西餐食品也是琳琅满目，甜品雪糕等更见花巧，成了留住孩子们的卖点。相比香港同类型自助餐，食品似乎更好，收费更廉宜。

智能型港妈

　　六七十岁以上的女性照顾子女侧重在生活层面，一日三餐照顾周到，属慈母型港妈；四五十岁的不少是职业女性，家庭工作两边忙，是劳碌型港妈；二三十岁的现代女性多数拥有高学历，多才多艺，对子女的学业最是关心，属智能型港妈。

　　以我家儿媳为例，二十四岁医科毕业，二十六岁步入婚姻，然后"四年抱三"，三十岁出头，已拥有一女二男。与此同时，工作照旧，夜班一样当值，业余还要读书，考下两个专科牌。虽有长辈及工人协助料理家务、照顾婴儿，但他人不可替代怀孕、哺乳、上班、考试。身为母亲，她所付出的时间和心力比任何人都要多、都要大，这也是为何许多自由惯了的年轻女子，在生儿育女问题上踌躇再三的原因。

　　儿媳不管下班多晚、多么劳累，都坚持检查孩子们的功课。她会弹钢琴、拉小提琴、绘画，可以陪孩子们练琴、学英文、看视频、聆听歌曲……许多技能是上两代港妈做不到的。所以，儿媳这一代港妈的孩子，从母亲那里不仅得到关爱，还有言传身教的本领。

　　看到孩子们喜爱音乐，儿媳立即换架好琴；只要是对孩子身心有益的课外活动，她都鼓励孩子参加，不计金钱，这种经济能力也是现代港妈的一个特征。丈夫事业顺利，孩子乖巧上进，现代港妈居功至伟。她们无私付出的劳累及责任心，应该得到嘉许。

打份好工

　　本港月入十万元上下的中产家庭有多少？像政府工、公司管理层、专业人士，街上一抓一大把，即便是所谓的低下阶层，如果辛勤工作，家庭收入与这些中产家庭也可不相伯仲，一样可生活得稳定舒适。

　　在大金行见到的销售员，多是俊男美女，他们上班即领取一部手机，手机与公司计算机联网，会员价、折扣价等数据一目了然，直接为顾客开单，公司仅做终极审核，省时又快捷。这些年轻员工表现出精明能干的形象，在公司财源广进的情况下相信他们的收入自是水涨船高。

　　本港服务业近年生意昌旺，员工薪酬年年增长，只要不是挑三捡四，不怕无工做。小巴专线就正闹人手荒，老板说缺了三分之一人手，司机去了哪里？

　　据说是富人日见增多，他们需要大批家庭司机，早八晚七，月薪一万五千元。有些家庭请一个专职的不够，还要多请一个做兼职。开专线车做到腰酸背痛，家庭司机上路时间有限，所以跳槽者众。

　　饮食业据说有逾十七万个空缺，其中单是洗碗工就缺七千个，曾有饮食集团以一万六千元月薪聘请，兼职时薪四十六元，有的更高达七十五元。假若一个家庭有两至三人做类似服务业的工作，月入数万元也不是问题。

　　不过，薪金多少已不是打工者的唯一考虑，在最低工资制度下，还可比较哪份工作社会地位高、比较轻松、前景较好。

公司餐

在湾仔上玕时，午餐可在公司餐厅解决。

公司在附壬一栋楼的顶层设有厨房，里面摆放了几张餐台，一位胖阿婆是主厨，另一位阿婆做帮手，每天四菜一汤，普通家常菜，却做出了高水平，同事们吃得舒服，从来是有赞无弹。返工生活有如此贴心照顾，夫复何求？

记得有道素是鲮鱼罐头炒时菜，省了炒菜油及调味料，简单快捷，而且，咸香味道送饭一流。当年鲮鱼罐头只卖两三元，青菜也便宜，这种物美价廉的菜肴亏阿婆想得出来。

后来去了另一间公司，公司楼下设有大餐厅，由某快餐集团承包，除了后半夜，全日大部分时间可进餐。不同于上一间公司的制度，你吃，就等于有补贴，你不去吃，也就罢了。这家公司不是的，虽然水平远不如阿婆，但福利均等，每月发餐券，总额几百元，你提前用完券，便要自费至下个月再领券。

初入公司经常下楼去餐厅，但时间长了，对大群人边吃边侃觉得疲劳，不如一人静静吃来得好，于是便带饭，留在办公室开餐，餐券则送人。

后来，承包商不知怎地与可口可乐公司合作起来，员工可用餐券兑换纪念品，包括小瓶小罐的可口可乐、小车模型、电子表等古灵精怪的小玩艺儿，这些东西我换购了不少。有时去可口可乐专卖店转转，发现我的收藏还是有些价值的。

本港许多公司自设餐厅，小小福利，却对凝聚军心有不小的作用。

上门女教师

这六七年接触了许多幼教老师，除了芭蕾舞、网球、游泳、溜冰等需要场地，必须外出上课外，有些课是可以请 Miss 到家里来教的。

我家小朋友的钢琴老师三十多岁，每当长针走到上课那一分钟，门铃一定会响。有次下大雨，她打电话问可否提前来上课？我随口答应"好啊！"不想她很快上楼来了。后来发现，她原来是提前来到楼下的，如没到时间，便围着屋院转悠。钢琴老师着装姿整，像朝九晚五坐写字楼的文职人员。她讲话轻声细气，不说闲话。三个小朋友轮流上课，她一口气要教两个多小时。

小提琴老师活泼漂亮，她驾车来，有时因塞车会迟到，但她下课也不急着走，有时甚至留下来与孩子们玩一会儿，与我们聊聊天。小提琴不易学，老大、老二跟她学了两年多，从琴声像杀鸡般难听，到可以上台表演，拉出点模样来，教的、学的都不容易。

与英文老师初次见面，我曾想："啊！这外形气质，可以参选港姐呀！"这位老师的热情最难得，很多话题愿意对你倾吐。她对小朋友严格，连问候及告别语的音量、眼神也有要求。她虽是黄皮肤，但与外籍老师分别不大。她在英国教国际学校，接触过不少亚洲孩子，她说给自己一年时间来香港试试。来港后也许因为结识了一些医生家长，进了此圈，所以不愁学生源。今年暑假她回英国探亲返港后，不再串门走户，而是有了自己的工作室，变成小朋友们要赶时间去找她了。

精神幸福

　　三月三十日晚暴雨狂泻时，我正驾车从元朗回九龙塘，锦田路水流急，对面车溅起的水浪拍打过来，视线完全中断，一次次本能地急刹车，幸好没有死火。林锦公路地势略高，但积水顺山势奔流，也是步步惊心。上了吐露港公路以为情况将好转，谁知正是车多时段，地上白线隐于水中，灯光迷蒙下众车乱切线，待看到一辆翻侧在路中央的车，更令精神加倍紧张。

　　当晚，我的腰以下部位就好像被锁住了，不能弯，一弯就痛，靠双臂撑力弥补无助感。一个多星期行动不便，吃止痛西药、贴中药膏，勉强维持日常生活。心内明白，这毛病是被黑雨"吓"出来的，雨中驾车约一小时，全身绷得太紧，扭伤了腰部肌肉。

　　一个冬天无病痛，春天气息带来身心愉悦，正庆幸神清气爽的日子多么舒坦，未提防病痛是不以人的意志为转移的。当面貌失去吸引力，气色不再鲜艳娇嫩，行动日渐迟缓笨拙，人真的会软弱无力失去尊严。

　　看到掌管亿万资产的腾讯主席马化腾，登上《财富》商界领袖排名榜首，看到同龄人刘晓庆在《风华绝代》中演活了赛金花，才艺惊艳洛杉矶，想此等人中俊杰，他们的努力带来何等的精神幸福？

　　经过今次遭遇，更明白切忌乐极生悲，若能居安思危保持躯壳强健，思想活跃、自由驰骋，才有可能去追求我们凡夫俗子的精神幸福啊！

港女三修

　　男人看女人，虽然很容易说些漂亮、好脾性之类的赞赏话，其实并不真正了解女人。女人看女人则不同，评点对方往往非常形象。我在大江南北见尽各类型女人，近二三十年生活在香港，看到这里的女人很会生活，曾有位同事，她会在电饭煲里同时煮饭又蒸鸡，用枸杞叶滚瘦肉汤、炒排骨蒜蒸鱼……

　　香港女人热爱生活表现在多方面，常见到爱读书的女性，白天上班之余不断进修。公司一位年长男同事曾"警告"女秘书："读什么鬼呀？还不赶快找个人嫁了！"秘书三十多岁结婚才不再读夜校。

　　港女讲究修养，亦追求修饰，衣裙、首饰、手袋尽量时尚，这便需要丰厚的金钱基础，所以她们期待嫁个"差不多"的男人。一位女子婚前说："我没有想过要嫁他，但是真是命啊！他买了层楼给我。"那层楼四百英尺都不到，竟感动了她。

　　港女更崇尚修身，控制饮食做健身操不断减肥。她们努力"三修"的结果是自强独立、有学识、有样貌，品学兼优。

女保安

那位女保安，得知与我同姓后，竟滔滔不绝地讲了许多话题。

她的丈夫以前做游客生意，带客去旅游旺区购物，从中抽佣，有些年很好赚，月入万元以上。丈夫后来愈赚愈少，她便去做茶餐厅，因为会讲国语，又会些简单英语，工作尚算稳定，只是月薪仅得六七千元，又辛苦，所以很不甘心。

实行最低工资后，她转做保安，被公司派到九龙塘一栋私家楼工作。每日早上五点半起床，从住所步行到工作地点，早六晚六做十二个钟，穿着制服，指挥私家车出入，她动作挺规范，是个精干女保安。

她悄悄说，丈夫去年没了，她没有告诉公司和同事，不想让人知道！为什么会突然没了呢？她说丈夫前一天觉得心脏部位不舒服，自己背个包去了医院，第二天就不行了。她说来不见痛苦，好像说着别人家的事。

每小时工资三十元，她算给我听，一天三百六十元，一月休四天，如果劳工假期返工就双薪，月月有近万元收入，她开心地说："快发达啊！"儿女都已工作，她六时下班买菜回家，八时开饭，一家三口住在一起，房子是"和谐式"公屋，厅宽房间大，月租金一千六百多元。哈！说得我好生羡慕。

她说不能买超市的鱼和肉，孩子一吃就说不新鲜，一定要她去街市买。我说不见得吧！超市的鱼可能差些，但肉也是现杀现卖呀，她却坚持劝我，还是吃街市的好！

一嫁再嫁

八十年代某年港姐冠军，已四十九岁高龄，携子三嫁，新郎是她在英国读书时的初恋。据说她三嫁并非是找经济靠山，二人确是情投意合。

有媒体报道，有位女子，一嫁二嫁打算三嫁四嫁，却完全是经济因素在作祟。该女子首次婚姻生下一子，过不下去离了婚，她带子二嫁，不想遇上赌徒，又离婚。十几年前，她遇上另一位男人，正准备三嫁时，十一岁儿子与同学打架，把人家推到崖下摔至骨折，对方父母不依不饶，新继父只好卖掉赖以生存的货车，结束运输业务，凑足十万元赔偿金。继父从此去做"棒棒"，即挑夫，一做九年，靠此养活一家人。继父没钱了，儿子阻止母亲嫁他。

儿子今年二十二岁，要母亲快些离开继父，寻找他人再嫁。男人气愤难平，与女子闹上电视节目，吵到不可开交。

有嘉宾问女子："你说含辛茹苦要把儿子养大，为什么不独自养大他？""我工资低，养不活他啊！""那就找个男人帮手养？""是啊！""儿子养大了，就不要人家了，另去找一个？""对啊！现在哪个人不攀比？"

儿子上台了，他说："叔叔一天收入很少，自己生活都困难，怎么养活妈妈？而且，我处过几个女朋友，人家一听我家这种情况，就都……"嘉宾们气愤得听不下去了，制止他再往下说。

该段视频有详细对话，看过后，真不知该怎样去审视这对母子的行为。

失败父母

本港已故慈善伶王的遗孀，因为子女跟她争产烦恼不已，她公布说已立遗嘱，身后财产不会留给子女。她心寒的原因是，丈夫的财产本是她持家有道而来，子女并无赚过分毫，但在丈夫死后，他们却一次次谋算她的身家。

遗孀说："如果我可以把子女塞回去，我真想塞回去。"她后悔生下子女而未能教好他们。

子女贪婪成性，是父母错教之过。近期有位母亲写给儿子的信在网上流传，内容是说儿子一再暗示，要父母为他和女友买房，见父母始终不松口，便十分气恼。一次，母亲看着甩门而去的儿子背影，深深自责，写下这封懊恼的信。

父母习惯了疼爱孩子，这位母亲曾以为，今日对儿子好，来日也会得到同样的呵护照料。可是她发现，二十五年来的付出，却令儿子习惯了对父母无休止地索取，自私而懒惰。她明白过于宠爱害了儿子，长此下去，孝敬父母谈不上，儿子还将成为社会废物。

中国古训重视孝道，即使继承了家产，不能发扬光大，也会受到舆论谴责，不知怎地，现今社会，依赖父母资助好似理所当然。"有子强如父，留财做什么？有子不如父，留钱做什么？"经济上的娇纵易令子女失去奋斗意志，失败父母的自责永远不晚。

娘娘腔

一次在港岛某厕所，刚推开门，便见一帅哥在对镜整妆，赶紧退出门外，看看门上明明是女士标志呀，就又走了进去。帅哥离开后，清洁阿婶对我说："刚才不敢进来啦？上次有人一出厕格，看见有个男人，立刻缩回去了，等男人走了才出来。其实都是女仔呀！我见得多，也分不出真假，不过，只要敢走进这个门，就不会是男人。"

估计男厕里也会有类似不分男女的情形。最近有一篇北美崔哥（脱口秀名嘴）的专访，讲的就是目前男女不分的社会现象。他认为国家的复兴首先是男人的复兴，男人是民族的牙齿和骨骼，没有真男人的民族是不堪一击的，难不成让女人上战场？

男人是社会主体，"小鲜肉"这个词，我曾以为是统称青年男女，后来才知是专指帅哥。男人也"秀色可餐"？当男人以为自己是鲜鱼鲜肉，文学描写首先会乱套，然后便是社会阴盛阳衰失去平衡，那这个民族怎会不出问题？

怎样才是真男人？首先是杜绝娘娘腔。非男、非女、非人、非物被美化的后果是，混淆了观众的正常判断；其次是要有责任心。苦乐之间，将苦留给自己，生死之间，把生留给妇孺；可以失败，不可自甘无能，可以貌丑，不可心灵丑陋。这两点不过是硬朗男人本性，并不难做到。女人也一样，有必要恪守女性本色。

男女若想更换角色，可以像舞蹈家金星那样，干脆做变性手术，明明白白做人。

阿发休三天

　　理发师动作麻利，女顾客对他剪的发式很满意。理发师对她说："下次来记得说找阿发就行了。"

　　女顾客一个月后又来了，说找阿发，店里人说阿发休息，如此三次，都是阿发休息，由别的师傅为她服务。女顾客终于忍不住了，问："阿发跳槽了吧？""没有，他休周二、三、四，你老是挑这几日来，当然见不到他。"

　　女顾客一听不高兴了："一周休三天？那就别说让人找阿发啦！老板由着他休？""他就是老板。"

　　女顾客被呛住了。后来从这位师傅处得知，阿发在这行干了几十年，早已干腻了。尤其是老客们不停述说家里那点事，儿子、孙子、媳妇、女婿，婚姻、工作、金钱、健康，说者不烦听者厌，所以一周放几天假，耳根清净一下。

　　"那就放足七天算了。""那又不行，时间怎么打发？"师傅说，旁边铺一位同行也是做厌了这行，七十岁时改行去开的士。租辆车，每天以赚七百元为限，除租车费及燃气费付出五百元，游一天车河赚进二百元，很满足了。

　　听此言，女顾客突然想起一件事，曾在一条隧道里见前面的士左摇右摆，出隧道爬头时看了看，见一位老司机好像在打瞌睡。因此她说："七十岁改行？路不熟，多危险啊！"

　　师傅干笑一声："他有牌，开的士总比坐在家好，慢悠悠爱做不做，有什么危险？不识路？让乘客指路，或者拒绝出车不就得了。"

洗尽铅华

有一年，报馆突然来了位王姓美女，任职编辑部的夜班秘书，她的办公桌设在总编辑门外，面向众小编而坐。她曾是小有名气的艺员，初到那几天，在公司引起不小骚动。男同事们工作时也心散，眼光总飘向她那个方向，相互间议论着：这是个好女人！正正经经做人，挨穷怕什么？这样靓女，总有出头天……

她蓄着短发，在昏暗灯光下远观有些憔悴，肤色略黄。大家借故去她那里转一圈，无非想看看她到底有多美，看过她面相的女同事说她其实挺"残"的，不过，对于她不慕虚荣肯熬夜工作，仍是深表敬佩。她做了不长时间就辞工了，男同事们唉声叹气了好几天，颇是失落。

世上多的是心理素质坚韧的女子，她们依仗纤纤玉手养活自己，原本工作看似高贵，但尽了力却达不到心中目标，便放下身段洗尽铅华，去尝试能力所及的另类工作。曾经的港姐冠军谭小环也是类似情况，她在"无线"歌影视三栖，工作了十八年仍"不红不黑"，转职在闹市开鱼蛋档，收入超过"无线"人工。

谭小环家境普通，但靓女辈出，母亲漂亮，所生四个女儿三个考上空姐，包括谭小环。谭小环卸下港姐的华丽光环回归素颜简装，她轻松表示："卖鱼蛋的也是人，光鲜不可以当饭吃！"许多人称赞她勇敢厉害，是"励志女神"，体现了港人的拼搏精神。

母凭子贵

　　友人传来多张她在番禺花之恋酒店的靓相，说这个"两日游"很值得，最好一家大小去玩，香港孩子能见到如此多品种的花，一定兴奋。我赞她："五彩缤纷的旅程，令你看来年轻，心态也好。"她立即回我："可能是我儿升职，所以……"省略号后面是几个开心害羞的公仔图案。她儿的情况我知道，本已职位不低，又升职？难怪做母亲的乐开了花。

　　五月首个星期，我们提前约姨母吃饭庆祝母亲节。姨母九十岁了，早已眼不济、耳不灵，她自己有三儿一女，我们姐弟仨是她拉扯大，所以也以姆妈相称，这样她便有四男三女，孙辈一大堆，重孙辈也有了好几个。

　　姨父在生时，见到我们去，就用家乡话大声喊："老太婆，谁谁来看你啦？"姨母一拉到我们的手，脸上立即笑开了花，收礼物时以惯常的吴侬软语说："摊大手板拿东西，不好意思呀！"对于我的孝敬，她总会将"功劳"归于我先生；对我弟的孝敬，她就要多谢弟弟的太太；如果她想称谢的人不在场，她便一遍遍交代我们转告谢意。姨母家风如此，因而她的儿孙没人闹过离婚，都有个安稳家庭。

　　我姨母从未说过望子成龙、望女成凤，不过，无声胜有声，儿女懂得怎样做，方不辜负为母的期望。天下母亲甘愿为儿女赴汤蹈火，当儿女成才了，就像上面那位母亲，母凭子荣，母凭子贵，安享晚年清福，是理所当然的事。

住公屋

　　一位理发师傅说起附近公屋的富户："他们天天吃海鲜也是吃不穷的。"我说政府有抽查机制，查出资产超标不就没公屋住了吗？师傅说政府是查不出的，比如拥有公屋的人想住私家楼，便用儿女或其他亲属的名去买，你拿他有什么办法？

　　以前，我有个同事一直租屋住，朋友告诉她，某处寮屋要拆，快去买，等政府收购配公屋。她快速行动以八万元买下一间，不久果真配到三百多英尺新公屋，称心如意。反而另一拖家带口的同事则没这么好运，他住了多年旧式公屋，地方狭小，半夜从报馆收工回家，一时睡不着，又怕吵醒家人，只好坐在没冷气的厕所里看书焗汗，自嘲当减肥。

　　相识的某夫妇曾以八口之家申请了两套公屋，三十多年间老的死小的出国，只剩下老两口居住，近六百英尺两个单位，中间以门打通，月租两千多元，环境优美生活方便，住得清静安乐，不过，现时担忧政府随时会收走一套。

　　住公屋的某司机多年前以几十万元买下一个的士牌，近年退休卖出此牌，获利几百万元，他跟太太说，钱存银行没用，不如早点分给孩子。于是太太将钱分为三等份，作为孩子们买楼首期，唯一条件是，我们有病时，一个电话，你们必须赶到，儿女包括女婿儿媳一直以来遵守这规矩，与他们感情亲近。

优质原始股

有人辛勤一生，只得个温饱，有人心想事成，钱多得要找出路。李嘉诚是赚钱超人，但对于马云等后辈的超速财技也大为赞赏，发财靠能力靠经验，机会也很重要，普通人若碰到好运气，也会有些意外之财。

记得二十世纪九十年代初，受同事影响，我买了份储蓄性质的保险，每年交款八千元，这钱大约交十年便可"保本"，不需再交，而保单中的本金及红利两部分，会自动增长。

大约四年后，该保险公司上市了，我成为"股东"，对方来函问要股还是折现？竟有这等好事，立即决定折现。我当时拿到三万多元，比我四年交的保费还多，不知是否要求者众多，该公司拿不出那么多钱全部折现？他们又寄了张股票给我，上面显示剩有六十几股未折现。

这只股初上市时每股不到一百元，后来涨到每股三百多元，我真后悔当时要求折现，有位拥有两份保单又未折现的同事，财富陡增几十万元，但她坚持不套现，所以我也留下了这股票。再后来，该股拆股，一股变两股，我便干脆将股票放入保险箱，作为优质原始股长期留存。

开铺人家

　　冬至那天上午，我们去元朗工业村为房车换轮胎，公众假期仍开铺的没几家，我们找到的这家是个大铺，专营轮胎电池生意，一位小伙子看了轮胎后，很有经验地告诉我们这胎已用了几年，建议我们换某种胎，并报上价来。

　　小伙子忙碌的时候，坐在铺门口那位阿伯正悠闲阅报，换胎工作快结束时才起身问道：要换电池吗？我们叫他看看，他看了后说，还行，不用换。我开玩笑说：做老板多好啊！看着伙计做就行了。阿伯竟说：哪里啊！他是我儿子，公众假期怎会叫伙计返工？

　　阿伯非常健谈，主动问我们："你看我多少岁？"我说："六十来岁吧！"他自豪地说："六十六！刚去上海参加国际马拉松赛回来，年年都去，跑四十二公里。"任何人听到这两个数字都会吓一跳吧？不禁打量了一下阿伯，中等身材，脸色红润，那裤管内的腿部肌肉一定非常发达。阿伯说儿子不爱读书，十几年前就落铺头帮手，已为他生下两个孙子了。不禁又仔细看了看铺门内的昏暗环境，原来还有一位年老女人，坐在办公桌前翻弄着单据账簿。

　　这铺已营业了三十多个年头，阿伯说，如果不是自己买下这物业，租铺位是挨不了这么多年的，典型的"一铺养三代"，子承父业的香港人家！西铁开通后，此铺就在朗坪站旁，与元朗市中心也仅是一路之隔，阿伯眼光独到，运气也不错啊！

迷你铺热卖

　　信箱中收到某地产公司的铺位推介，上周六与先生冒雨前往实地察看。所卖商场铺位位于元朗一条小街，属铺位拆售。我们到时，近一百五十个铺位卖剩"服饰区"三个。每个铺位建筑面积绝大部分不足百英尺，剩下这三个的实用面积分别为三十七和四十六英尺。三十七英尺的卖价为二百三十八万元，四十六英尺的卖价为二百八十八万元。

　　铺位在楼上，工程进行中，连楼梯也看不出个所以然。楼下街铺，面积三四百英尺的，价值也在四千万元左右，所以，单从二百多万元就可拥有一个铺位来想，确是吸引人。而且，卖方全数支付厘印费和律师费，买家仅付一万多元的其他杂费。九月成交十月开业后，卖方更会在两年内代租，每月付买家一万元租金，以便将区域划分规范化，有利两年后买家自行出租。

　　我们在该商场周围观察环境，不算好也不算太坏，如果作为长期投资，买下来收租的话不是不可以，心里唯一没底的是这么小的面积怎样开铺？最后决定去距离不远的大马路看看，那里也有一个迷你铺商场。大马路相比小街要繁华些，但上得楼去，竟见到大部分铺头闭门招租，招租价仅是五六千元。二楼三楼转了一圈，所见铺面都不大，门里门外塞满商品，楼道里化妆品、修甲水等各种气味都有，天花管道更裸露俯视，刚才想做铺主的兴奋迅速降温。

秒间意外

那天清晨，送了孙儿去幼儿园后步行返家，走至某小学门前时，突然一位年轻男士从校门方向冲过来，差点撞到我，他拉开车门跳上副驾驶位，那车突然打横撞去了马路对面的石壆及铁栅，"嘎！"一声，车尾镶进铁栅停了下来，整个过程在一秒之间，不会再多。我好一阵才醒过神来，站在那里茫茫然，心里觉不舒服，无意识地看了眼手表上的显示，心跳：一一四。

这是条山路，事发时路边停了几辆私家车，都是家长送小朋友上学，这位司机不知是否出校门时发现车在后溜，恐撞及后面一串车而情急生智，跳上车去扭动方向盘？我搞不明白，车上没人，为什么车会动？万幸的是，当时对面无车经过，对面行人路上也没人。

估计司机也大受惊吓，他在车里稍定神后，将车开去旁边小路停下。他本人没受伤，有事的是车及铁栅，车尾严重损伤，铁栅更是被撞断，拦住了行人路。

瞬间发生的事防不胜防，车辆意外更是最常见的，你不撞人但不能保证人家不撞你，所以台湾人把活动中的车辆叫作铁老虎，是会"吃"人的。

有位同事曾告诉我，她有一次行经湾仔一家公司，门口高大的货车本来是不动的，但当她走到车头前时，车突然动了，她吓得双膝跪下，失去反应能力，爬不起身。幸好车停下了，没有碾到她。公司内有人跑出来，说是车前溜，不关他们的事。

名人的烦恼

名人的私生活无所遁形，一举一动都受人关注，曾有一位已婚富豪在机场与单身女律师"吻别"，消息见报引起议论：这两人是什么关系？有记者还真是上了心，一次跟踪富豪与女律师到了伦敦，在酒店房间门外，拍下了皮鞋里的一粒"字"，那是富豪姓名中一字，他的皮鞋是特制的，所有鞋上都有此标志。

如果富豪无公职，与女友出埠同居曝光仅属私隐揭秘，没必要当作重要新闻来做，可惜，富豪不光是名人，更身兼重要公职。相对于普罗大众，名人被认为应承担更多社会责任，有更好道德修养，这样才是不辜负选民期望，符合其为人楷模或坐上议政高位的身份。

城中明星巨富为避免不必要麻烦，言行通常低调，不过，往往是"好事不出门坏事传千里"。近期有单出轨丑闻，说的是著名家族一位成员，年届六旬，某日下班后与女友去时钟酒店开房，约会一小时后出门，告别女友，方召私家车接载返家，也不过傍晚七点多光景。记者原想追踪财经新闻，不想无意间竟做了条跨部门新闻。

大自然中有一种昆虫叫"枯叶蛱蝶"，这是一种非常精巧的动物，其翼的内面是闪着金属光泽的蓝色与橘色，但当它一遇到危险，便会立即飞进树枝或草丛中，合上翅膀一动不动，其翼外面看起来好像一片枯叶。名人要想隐藏私密，真应学学它的本事。

一枝健笔

　　有"股神"之称的曹仁超逝世，《信报》发文告诸公众。曹仁超之名广为人知，尤其报业行内，谁不敬佩他的一枝健笔？

　　曹仁超天天在《信报》写专栏，文章蕴含大量投资信息，读者甚众。他教人如何买股，自己有否大赢特赢？当然有，他年轻时穷得叮当响，赔钱赔到要跳海，但失败无数次后，终于积累到炒股智慧，赚到足够几代人生活的财富。

　　曹仁超将身家分为三份，一份留给孩子，一份做慈善，一份打算退休后与太太享用。好可惜，多财却缺乏健康，他离世得太早了。

　　股市日日有波动，股价时时新，评股文章不易写。曹仁超谈笑风生，精灵幽默，看似很轻松，实质精神上始终处于"战斗"状态。专栏文章，尤其是大篇幅的专栏，要做到吸引读者眼球，必须有真材实料的支撑，观点更要鲜明。你讲不明白，读者便看不明白，日久天长，如果无得益，读者就会厌烦，不再为你的专栏浪费时间。

　　怎样修炼出一枝健笔？除了不断地学习便是永远的勤奋。我喜欢看别人的专栏，不管小篇大篇，从头看至尾，了解作者思维的火花，灵性所在。像曹仁超般炉火纯青的作者不是很多，但是，只要是认真构思的文章，不论题材如何，总会看到作者的功力，予人裨益。

　　有前辈写来新春祝福，其中有句"写小文章美化人间"，我牢记，当作鼓励，以曹仁超等"健笔"为榜样。

人人喊累

　　一份工不够，要做多一份；一层楼不够，希望买多几层；为了有钱请菲佣，自己先去做苦力；为了有钱叹世界，先累垮自己的身体……

　　中国人特能吃苦，这是老祖宗传给我们的美德，不做，哪有繁荣的今天？西方游客来到香港，看到上下班急促来往的人流，知道有人一天可做足十六小时，他们难以明白港人心态，为何要如此搏命？真是无米下锅、无瓦遮头吗？

　　过度的辛苦，可能缩短寿命。我们屋苑的清洁阿姐，是个非常能吃苦的女性，除了做清洁工，还帮人洗车，五十几岁的人腰背已开始变形。她上年年底发现身体某处长出一粒肉瘤，去医院看过，说是恶性的，但大家都以为不是大问题，因为这么一点小东西，能怎样？还以为她休息一下仍会回来继续工作。最近方得知，其实她春节后便已走了。

　　阿姐一味地干干干，多年未做过身体检查，癌细胞在身体内长满了，长到外边来才引起惊觉。我们都听她喊过累，她病发前也曾说过："好奇怪！坐一下会睡着，我有那么老吗？"她不老，只是太累，因此一倒下就返魂乏术。

　　种庄稼需有行距、株距，写文章要有段落、标点，这些空隙好比人生的适当休闲。以往的农业社会，没农活干时，大可悠悠地休息几个月，现在即使一周工作五天，其他事情也会撑满本该用作喘气的那两天。所以，心疲身困，人人喊累。

往事如梦

手中印章

我的收藏中有几个印章，其中仅一枚是花钱雕刻的。

往年每逢回京探亲，例必到琉璃厂走走。一九九二年那次，看到荣宝斋内有师傅正为顾客刻章，我当即在店内买了三块寿山石，请他为我及先生、儿子各刻一枚。师傅老了，他仅是看我写给他的名字，没有与我对视过，因而对他的相貌毫无印象。他刻的是篆体，很漂亮，尤其是我那个，因为有三粒字，笔画又多，布局饱满耐看。那底部是不规则椭圆形的石头，形状也特别，下大上小，像一个西人的巨型弯鼻。我很喜爱这章，经常使用。

在等师傅刻章时，我见店内那些小石块打磨得圆润可爱，每块仅十元八元，便倾尽现金，买了几十块。假期结束后，将这些石块背回香港，送给同事每人一块。

过了些日子，有位男同事私下里递给我一枚印章，说："送给你的，是我刻的，别见笑啊！"此章方正光滑，刻了我的名字，也是篆书，笔画清雅幼细，我很感激他一番心意。

我一早已从同事的私语中得知，该同事是京剧宗师萧XX的孙辈，萧派五代梨园，同事这一辈的男性皆以"萧X"排列。这位同事平时沉默寡言，他会刻章无人知晓，看他的气质及外貌，我相信他具更多才华及有梨园功底。

一枚印章既是一个故事。雕刻印章需懂书法，尽管多才多艺者触类旁通，也需一番勤学苦练。雕刻者令我敬佩！

香橼树

　　每逢秋季，便加倍怀念故土。我是在秋季出生的，家乡秋季的景象和气味都在印象中，从未消失。今天，很想讲讲我家门外那棵粗壮的香橼树。

　　香橼这个词，几十年来在其他地方从未听过，也没见过香橼，或者是见了也不知那就是香橼，一直以为香橼树只有家乡才有。香橼是可爱的东西，每到秋天，人们会采摘成熟果实，摘不到的就举着竹竿打下来，孩子们忙着捡拾满地滚动的香橼，数着有多少个。

　　附近尼姑庵的尼姑是外婆最好的朋友，她通常没事做，满大街蹓跶，总有人会抓把菱角、抽支莲藕给她，所以她的嘴巴总在嚅动。她常以长衣襟兜些花生瓜子来给我们吃。香橼还是青色的时候，她已开始向外婆讨要，通常摘去许多个，不知她拿去有何用？我外婆后来也是不等香橼变黄就一个个地摘，将香橼在屋里随处摆放。并未见人吃过香橼，只是用来把玩及闻闻香气。

　　不分季节，尼姑永远是香橼树下的常客，我家的香橼大多由她代送予人。香橼树处在一个较高的位置，树这边是一小片菜地，那边是水地及河流。尼姑喜欢坐在孤零零的树下嗑瓜子讲闲话，她什么时候来什么时候走也没多少人关心。

　　有年夏末，突如其来一场雷暴，全家人夜里被一声巨响吓醒，外婆说："好像劈到什么了。"第二天早晨，发现我家的香橼树倒下了，树干中有条被劈死的毒蛇。

怀旧神沙

　　一枚一九六四年的五仙旧硬币，竟在拍卖中以五千元成交，这消息够振奋，因为我也对货币收藏有兴趣。

　　我先生有个潮州老乡，靠着"投机倒把"生意，将太太及三个儿女养得肥肥白白。二十世纪九十年代初，他们全家第一次浩浩荡荡来我家做客，他的眼睛在两室两厅的小单位内四处寻觅，仔细察看所有摆设后说："没什么值钱的东西呀！"

　　这位老乡后来做了不少硬币生意，用他的话说：炒下银仔，一麻袋一麻袋运去内地，不值多少钱，挣口饭吃。

　　我以前的收藏中，各国硬币是一个种类，受这老乡启发，加之在内地、香港一些地摊上看到有各种港币买卖，才开始刻意收集英女王硬币，多年下来，累积了一定数量。我曾将硬币作为礼物，一包包送给亲朋好友，看他们喜爱，我也很高兴。

　　一次，听某收银员说："不收毫子。"菲佣委屈道："老板给的。"收银员说："老板给的也不收。"毫子真是"湿湿碎"，被称为"碎银"，又叫作"神沙"，来自中药辰砂的谐意，因为价值太小，店铺早已不收，掉在地上也没人拾，真好像一粒沙似的。

　　目前，英女王硬币成了一门怀旧小学问，单按年代区分，已有一百五十二年历史，我收藏中最早的是二十世纪三四十年代的，但年代久远并不代表价值高，因为英女王头像有三代之分，更有爱德华七世男头像，铸造量也是大有区别。

锦田的早晨

　　家住锦田一个法式庭园，屋苑不大，住满了也不过百十户人家。屋苑内有泳池，有儿童游乐场，大门外一路之隔便是石岗军营。

　　当年决定辞工，撤离闹市，退隐到这"荒芜"之地时，同事们笑我"金盆洗手"是为了去喂蚊子。确实，初来乍到，与蚊虫有过一番较量，身体曾饱受摧残，不过，几年下来，战斗已有胜负，我已有了不惧蚊虫的抵抗力。

　　锦田四面是山，放眼处，绿草茵茵，林木青翠，鲜花争妍斗艳，色彩绚烂。自从西铁火车通到这里后，道路改建，愈见宽敞，环境亦渐趋整洁。

　　锦田的清晨最美丽，晴日里，明净的天空飘着几片白云，旭日的光辉洒遍大地，不觉炎热，只有温情。

　　我几乎与黎明同时起身，心无旁骛地在花园坐一会儿，做做操，园里的白兰树大开花时，香气阵阵，令人轻松愉快。然后，为家人准备早餐，并驾车送他们往锦上路西铁站，他们从这里上车，到美孚转乘地铁返工。

　　从家到西铁站仅几分钟车程，回程顺便到锦田市中心买菜，车程也不过几分钟。街市不大，一条街，总共十几档，他们几十年的习惯，只开半天，从清晨至午时一点。

　　有一天，刚步入街市，肉档阿伯就对我说："我回来了！"回来了？啊！猛然想起，阿伯两周前曾跟我说，他要带老婆仔女去美加旅行，赶忙回应道："噢！回来啦！好玩吗？"

与阿伯聊了几句，转身去买鱼。鱼档老板娘可能觉得我不像个煮饭婆，次次都有些嘱咐，比如：吃一条洗一条，不吃的放雪柜，吃时再洗等等。哪种鱼怎样吃，也有不少指导意见。我照单全收，按她的说法去做，是不会出错的。

买豆腐时，四元一块的豆腐被纸包得整整齐齐，阿婆细声教我："用盐水泡着摆雪柜，放两天也不会变味。"

到底是乡村地方，人心的交往简单多了。一位婆婆向我推荐粟米："珍珠粟米，自家种的，好食啊！"一看，粟米仅中指般长，有紫色的，有白色的，这么好看的东西还是头一遭见，十元一堆，我买得欢喜，婆婆卖得更欢喜。

回家途中，一条小狗坐在马路中央，昂头看着来来往往的车辆，大家需切线绕它而行。可爱的小东西，可能它知道这里山高警察远，无人可以管束它吧？

锦田晴天的早晨是这样美丽，雨天的早晨也一样迷人呢！雨滴落在不同物体上，产生不同的声音，悦耳之极。那时的空气更见清新，花草愈见娇美。

锦田的自然景色是我新的爱侣，追随这爱的感觉，寻求心灵的自由，我相信自己正走入人生悠闲的境界。

不会花钱

　　这家位于锦田市的洗衣铺，干洗一件短皮褛收费一百八十元，比市区虽便宜近百元，但我仍觉收费贵，因为这里的街铺一般都是自置物业，即便是租来的，租金也贵不到哪里去。老板娘反驳说："这铺没有地契，是阿公（指祖先）留下的，不能买卖，我是租来用，租金也不便宜。"

　　后来了解到，类似铺头还真是太太公留下的，属公产，收入统一管理，每月向男丁派五六千元，家族有共识，肥水不流外姓田，女孩不获派钱。

　　香港村屋中隐藏着不少有钱人。去理发店，店主阿仪讲了件刚发生的趣事给我听：女佣推一位坐轮椅的婆婆来电发，阿仪告诉她收费二百八十元，她说付不起，阿仪降到二百五、二百、一百五，一直讲价，阿仪有心不做这单生意，问她到底多少才行，婆婆说一百一。阿仪看婆婆挺贫寒的样子，又是个残废，心说怪可怜的人就当做一回善事，帮一个不认识的街坊吧！即便她不付钱，今天也不能让她这样出门。

　　电完发，婆婆拉开上衣的拉链口袋，拿出一叠百元钞抽了一张，又从裤袋掏出一叠百元钞，想找张十元的，阿仪看得呆了，婆婆不是没钱呀！为什么这样孤寒？

　　事后，她听人说起，才知婆婆很有家底，她老公单是一个铺租就月收三十万，她儿子也有本事，又很孝顺她，所以她口袋里永远装满一叠叠的百元钞。问题是老人家穷惯了，不会花钱。

心灵之窗

　　昨晚与先生去乐富吃上海菜，我们后面那一桌有个老太太，像是在等家人，但我们吃毕买单也没见到她家人到来。用餐过程中，感觉她一直在打量我。她年龄绝对已超过八十，不光是白发"鹤皮"，眼睛完全混浊了，料她看人看物有方向但焦点已欠准确。眼睛是心灵之窗，她，从心到脑，估计是"蒙查查"（粤语，糊里糊涂的意思）了。

　　我想她在羡慕我的"年轻"，"唉！如果能年轻二十岁，该多好！扎条颈巾，戴个闪亮亮襟针，啃骨头嚼青菜……"

　　妹妹近日经微信传来一段录像，一位八十岁老妇，在英国达人秀上与二十岁男舞伴表演拉丁舞。老妇的舞装性感专业，甫登场四位判评露出轻视表情，刚开始的热身舞也令观众不耐烦。但当音乐节奏转快，只见舞步愈跳愈激，小伙子拎着老妇手脚上下左右甩动，从胯下抛到头顶，从头顶钻过胯下，老妇翻滚跳跃，十八岁少女也没她矫健柔软，看的人好不紧张：啊！这把老骨头，不会折断啊？

　　当老妇结束表演稳站台上，极为震撼的评判及观众方醒过神来，热烈击掌大呼大叫。这对舞伴顺利通过初赛进入准决赛，老太太热泪盈眶。细看她眼睛，深浅仍很分明，所有的自信、妩媚、激动等内心活动，都能通过眼神准确表达，真是个老人精！

　　以前认识一位来港工作的大姐，她是电台播音员出身，她教我没事时转动眼球，说这样可保持眼睛的灵动和清澈。

跪拜何所求

这张照片将成经典：两个孙儿，分别三岁、五岁，屁股朝上前额贴垫，齐齐跪在九龙塘某佛堂内。这是我要他们如此做的，跪拜不是为好玩，是有所求的，主要是为哥哥升学之事，我们一起祈求祖宗的保佑。

以前，常见到阿婆阿婶在街边烧"银纸"，纸灰飞舞，烟雾呛人，虽觉此做法有碍市容，但也知她们是怀着一颗慈悲心在缅怀故人。见到庙中烧香的人们，自己很少参与跪拜，却也会以虔敬之情默念，请求逝去的亲人保佑后辈。

某年，家婆从曼谷来港，当时正值家婆的家婆过身不久。有一天，家婆在大哥家里打电话来叫我们过去，一进门，见已挂好了照片，摆好了香台香炉，家婆叫我们点上香，按辈分一一跪下磕头。事后，我儿子口袋中还多了条红绳，说是会给曾孙带来好运。

家婆住到我家后，有一日要我同去附近小庙上香。那日刚下过大雨，污泥满地。家婆买了二十一枝香，要我代她下跪，因为她的腿有风湿，不下跪都痛。可是，我那日穿了条紧身牛仔裤，下跪也不轻松。结果，她每插三支香，我就要跪下拜三拜，插完七个香炉下来，膝盖附近的裤子沾满泥水。

事后觉得很不值，家婆为何要来上香？许的什么愿？我一概不知，也不能问，可是，我为何像个傻瓜，只顾着移位、跪拜，就忘了自己也许些愿呢？自那次后，经验大增，祭神拜祖一定先拟定腹稿。

吃的乐趣

写稿这时刻，炉上正炖着三大块五香牛腩，里面有八角、茴香、桂皮、花椒，还放了两只西红柿，香气全屋飘绕。待这腩肉熟透了，便连汁摊凉，然后放入冰箱，肉会吸尽全部汁液，想吃时拿一块出来，或切片冻食，或回锅与土豆、洋葱等蔬菜水果烩一烩，美味非常。

吃得舒服吃得好，随时都可做到。吃的消费看能力，钱多食料丰盛些，钱少食料简易些，关键是要有享受的愿望。小时候，兜里有一角钱，都会分几次用，这次买两分钱山里红，下次买三分钱棉花糖，不饿肚子，又有零食吃，就心满意足。

经济困难时期，父亲总怕我们三姐弟缺钙缺营养，所以时不时炖骨头汤给我们喝，隔几个月还会买个猪头回家。当日晚饭后，父亲烧一盆滚水，发给我们每人一把镊子，然后全家人围在一起拔猪毛，母亲则陪在一旁织毛衣，大家说笑折腾至睡觉。第二天父亲下班后，开始清炖猪头，屋内整夜飘香，早上醒来，已有晕汤肉面吃，好像过年似的快乐。

我与先生读书时拍拖，因为学校伙食不怎样，我们偶尔会去到市中心一家粤菜馆，花两元钱要一个鸭煲解解馋。煲里有肉有菜有汤，吃完这一餐，心情舒畅，并计划今后几周更节省些，有钱了再来吃。当时每月伙食费十五元，我们一餐吃掉两元，乐趣自知，但这样"腐化"的事是不敢张扬的。

心苦的女人

　　写这个题目，一定会有撞题文章，因为世上心底苦涩的女人何其多，她们的遭遇大同小异，曾痴痴地守着一个好男人，以为可永远过着热乎乎好日子，岂料梦醒一场空，好似中途被赶下车的乘客，在没有星光月色的黑暗中，进退两难，哭泣徘徊。

　　我母亲有位远房婶母，性格极是温柔，从不大声讲话，几乎足不出户。她一身细白皮肤，自己生得好模样，六个儿女也个个俊俏。婶母的丈夫，即我母亲的阿叔，是个知书达礼的斯文人，他虽住在农村，却从未务过农，父母在时生活富裕，父母死后他作为独子，继承了厅堂齐全的大屋。不管外面环境怎样变化，他只是闷声不响地做他的会计，他是当地最棒的会计。所以，婶母一家体面的好名声远近皆知。

　　阿叔唯一的消遣，是每天几次去"老虎灶"打水时，坐在那里喝一阵茶。镇上的"老虎灶"专门售卖滚水，店主负责担井水回来烧，老板娘则拎着大铜瓢往暖壶里灌滚水。老板娘身材高挑，但有只眼瞎了，破坏了她的美貌。当她站在铁锅边高谈阔论时，看似挺凶恶。

　　这样一个女人，怎会与阿叔有染？但不可思议的事确是发生了。阿叔从此名誉扫地，头低垂至胸前，肩膀渐渐塌下去，再没人选他做会计。

　　男人犯错累及全家，婶母心苦更加不出声，孩子们的笑容也少了，日子静寂而压抑，全家人的体面自此大打折扣。

茶杯换玉琮

　　我的祖籍常州古城位处长江三角洲，素有"三吴重镇""八邑名都"之誉。大公报记者陈旻曾采访常州博物馆，发表了几千字的《常州博物馆珍藏见证吴文化》长文，介绍镇馆之宝南宋戗金漆奁，以及宋代影青观音坐像等国宝级文物，读来有收益。

　　博物馆收藏的良渚玉器中，有一件十二节人面纹玉琮，玉质晶莹，为新石器时期良渚文化的精品，据馆长告诉陈旻，这件玉琮现在价值几百万，但在一九七三年十月，仅用一个茶杯及一条毛巾，与农民交换而来。

　　茶杯和毛巾，在四十年前的中国乡镇，是实用的好东西。幼时，记得我家附近的百货公司发生夜火，烧得乱七八糟的商品，后来被摊在大街上贱卖，其中以唐瓷杯最多最好卖，因为杯是铁做的，不易烧毁打碎，非常耐用。十二节人面纹玉琮是什么东西？农民不知良渚文化，更无贮藏家珍的远见，当时拿了这无用的玉琮换了有用的东西，可能还挺高兴。唉！真替这农民惋惜！

　　与我后来到过的一些穷乡僻壤相比，常州民间好东西极多，像我的祖母、外婆这样的平民百姓家庭，实木制作的各式大床、各种形状的台凳、柜橱箱桶等，都年代久远，而铜器、玉器、银器等，也见多不怪。一九七八年，我们回常州把外婆带去北京时，留下全部家当，仅带走了红木三脚衣帽架及部分瓷器，如今想起也后悔。

细婆婆

母亲最小的叔公，大家叫他细公公，他的太太便成为细婆婆了。细公公曾开有蜡烛厂，后被公私合营。家中几间楼屋高大威风，明堂内有水井，楼墙外石磨房内养着小毛驴，是家族中最富有的人。细公公气势凌人，动不动就喝骂吵闹，小辈见他都绕道走。相反细婆婆轻易不出声，即使说话也是阴声细气，不留神的话根本听不清她在说什么。

细婆婆裹着超级小脚，长辈们都说方圆多少里，她是最漂亮的大美人。细婆婆只有一个儿子，儿子几岁时有了童养媳，叫晴芳。儿子不肯读书，晴芳却成绩优秀，所以深得公婆欢心。儿子顽皮时常欺负晴芳，一次，他持着竹竿在河边玩耍，见晴芳正弯腰淘米，便将竹竿对准她屁股一捅，晴芳跌入河中，幸好被人救了上来，但从此晴芳恨死了他。

细公公在三年自然灾害时吃不上喝不上，肚皮胀得老大，死时睁着眼睛，细婆婆哭成个泪人儿。晴芳那时在城里纱厂工作，不知怎样爱上一个很出名的劳模，一意孤行闹离婚。记得她带人回家来搬衣物时，细婆婆忙着将晴芳的毛衣棉袄往两个孙儿女身上套。

儿子长得英俊，又有家产，很快另娶一位能干的未婚大龄女子。细婆婆畏惧这个儿媳，每逢周末，儿媳从厂里回家前，她就战兢兢地自语："不得了，老虎婆要回来了！"

这儿媳生到第三个孩子时，细婆婆寿终正寝。

聋婆婆

聋婆婆是母亲的叔婆之一，很早守寡，她的儿子也是聋的，读不了书。那时每逢灾荒年，都有苏北人过江来乞讨，聋婆婆家没花钱就留下个苏北女孩做儿媳。媳妇叫月珍，大手大脚，没心没肺，和聋婆婆相处得很好，为她生了两个孙女。

聋公公在世时，种着几亩田，几间屋前有阁楼后有灶房，生活比上不足比下有余。他死后，聋儿子和月珍好吃懒做，几亩田很快败光，成了困难户，吃了上顿没下顿，自留地的菜总是没长大就被吃光了。到人民公社时，家里不用开伙，集体吃大锅饭，最合她家意。

从未见过聋婆婆为贫穷忧愁过，即使聋儿子死了，她哭上几天后又恢复原样。聋婆婆瞎了后，月珍什么也不让她做。夏天，她拍着芭蕉扇坐于阴凉处乘凉；冬天，她踩着脚炉在大门外晒太阳。她喜欢听成群玩耍的孩子吵闹，有时，叫过一个男孩来，伸手进他的衣衫摸一摸："啊呀！鸦片鬼呀！"有时，又叫过一个女孩来摸摸："啧啧！排骨喔！"那时的孩子们吃不饱，不死长出"排骨"已属庆幸。

聋婆婆家的好房子早成了空壳，里面的楼板、门窗甚至梁柱，都被月珍一次次敲下来换了吃食。饿到急时，月珍也曾招惹附近的单身汉回家来睡，弄点口粮。

家族中人吃饭时，常一碗半碗地接济聋婆婆，她吃上一两口就给了孙女，她听不见看不见反倒好，到死也没多少烦恼。

史宾沙哥哥

　　史宾沙是我家孙儿女的游泳教练，他非常靓仔，身形相貌就像台湾影星柯俊雄的年轻版。孩子们喜欢他，跟史宾沙哥哥学游泳成了非常快乐的事。

　　孩子们前年开始参加泳班，每班四人，一人学时三人在等，一个小时的课学不到什么，所以，那个夏天孩子们只学会敢把脸埋入水中。去年夏天改变策略，请老师专门教他们两个，好运气，碰上了史宾沙。

　　几堂课下来，孩子们便扔开水袖、浮板，可在水中自由折腾了。史宾沙很严厉，他教一个学生时，另一个也要在一边练基本动作；潜水取物，他会顺势推动孩子们身体，逼他们下到水底；高板跳水，孩子不敢跳时，他立即板脸说："我生气啦！"

　　每隔约二十分钟，他便伸开手臂，让孩子们伏在两边，然后像滑翔机那样在水中飞奔，水花四溅，孩子们兴奋得不得了。下课时，史宾沙还会奖励他们每人一块朱古力或奶油糖。

　　去年冬季持续习泳，室外泳池尽管恒温，孩子们一出水仍冻得嘴唇发紫。就我所见，上一个学生下课轮到我们，我家孩子下课另两个孩子接着上，史宾沙至少需连续在水中泡三个钟头。

　　像史宾沙这样的好手一般都是名校泳队教练，可遇不可求。前两日考试，孙女通过五十米自由泳、背泳、蛙泳，孙子则通过五十米自由泳、二十五米背泳，这些泳式都是史宾沙哥哥教会他们的。

肉干肉松

　　儿媳的娘家人每次从新加坡来港探亲，例必带林志源肉干作手信，所以，家中老少都晓得"林志源"。今次在新加坡旅行至尾声，我们特意跑去牛车水的林志源买猪肉干，所幸当日未出现排队人龙。

　　林志源店铺门面不大，完全是老式经营，各种新鲜出炉的肉干现要现包装，年轻伙计们手脚利落地应酬顾客。带回香港的肉干很快便送光吃光，由于味道太吸引，孩子们吵着还要吃，于是在本港买来美真香肉干，这其实也是新加坡品牌的海外店。比较两家店产品，林志源的略柔软，更适合孩子们吃，味道差别倒不大，都很香甜。

　　家婆健在时经常来港，每次都会带来曼谷唐人街名产林真香猪肉干、猪肉条、猪肉松，尤其是猪肉松，不是林真香产品，也非常香脆好味。记忆中，泰国人制作肉干比较普遍，小巷中常见店家门前摆放一个炭炉，上置金属网，网上是一片片"滋滋"作响的肉脯，肉脯是提前腌制好的，经过火的烘烤，香味飘散，路经者买些用油纸托着立即下口也好，带回家细细品尝也罢，总之是味觉的享受。

　　在曼谷，炭炉上架铁锅，临街焙炒肉松的也为数不少。当地华人多为潮汕人，他们的饮食不是饭就是粥，清晨，一碗白粥一碟肉松，可维持上班上学者半天的精神体力。至今，我家孩子不光爱吃肉干，也以肉松送饭，或自制肉松寿司，我们更将大批泰国肉松寄给远方长辈。

晨运感恩

　　清晨七时送孙女出门上学，然后便顺道往毕架山上的小公园晨运。此时，一群老妇早已沿园内弯曲小径站立，跟随喊着"一二三四"的领头人，集体舞动着四肢。我习惯隐身于滑梯后面，静静做太虚气功前十八式。

　　这套气功操承蒙旧同事传授，做了十来年，一呼一吸配合动作做上十几分钟，筋骨得以松弛，人便柔软下来。因着这套操，感恩于旧同事，其名字亦铭记于心。

　　同在这隐密处晨运的还有一位西妇，她年龄与我相仿，却是穿运动短裤、露脐小背心，金发扎马尾，双腿肌肉一条条呈现。她将两条白毛巾铺于地上，不停做俯卧撑，累了就去旁边篮球场慢跑，跑一阵又回来做，或者对着儿童运动架跳上跳落。

　　曾有数据显示，女性身体好坏不关乎做不做运动。像古代女子端坐闺房，闲静似娇花照水，行动如弱柳扶风，但林黛玉般短命的为数并不多。旧式女性多不懂运动，像我家太祖母长得很弱小，活了九十多岁，直至一次迈不过门槛摔倒才仙游去了，祖母、外祖母也活到八十几岁。现代女性不知怎么回事，是否锻炼似乎很重要似的。

　　最近一次本命年，我突然多病痛进出医院几次，医生问：平时有无运动？答：不多。医生建议：每天做半小时运动，跑不动急走慢走也是好的。又叮嘱：做家务不算数。

　　感恩医生的保健忠告。

心灵大餐

常看到开铺人家怎样进餐：老板伙计围坐一起，人人端碗白饭，对着一碟切鸡、一条蒸鱼、一盆青菜舞动着筷子。看他们吃得香，常觉得华南人很会生活，简简单单的饭菜也吃出了质素。

北方食品自有其特色，一棵白菜能做出几个花样，一碟醋溜土豆丝、一碗油泼辣子也可以是一道下饭菜。走遍长江南北后，明白到饮食不过是反映着当地的人文习俗，还是勿去区分好坏贵贱吧！

最近追看一位姐姐写其妹妹幼时的文章，文字充满泥土炊烟家畜的气味，圆脸胖乎乎身形的贪吃妹妹，在村头田尾恣意撒欢，总是盯着长辈们的嘴巴看，期望得到一些美食，当发现有人故意空口咀嚼要弄她，会失望地说出"空屁排排"之有趣怪话。

悠悠岁月中，最深刻记忆确是幼时吃食。我们家乡的河鲜很多，外婆做的雪菜爆小虾、姜葱炒田螺、鸡蛋蒸鲜鱼，至今想起仍会吞口水。大城市的孩子不能享受郊野乡村的新鲜风味，我总认为是很大缺憾。

为了方便孩子们上学，我们全家不得不住在市区，但我们一直保留新界旧居，常于周末带他们回去观赏四季变化，去周边农场摘草莓买青菜，哪怕只是半天也好，这在孩子们来说是心醉神驰的欢乐时刻。他们曾在小园里种下自己带去的花籽、学校发的豆种，全部成活开花结果。领略自然生活的美妙细节，更是孩子们心灵成长的健康大餐。

女子四人组

　　小女子纯朴善良，读书却不开窍，父母见她日夜苦读，永远紧张拿不到好成绩，明白她不是读书料，懊恼儿女中生错了一个，但事实难违，唯有不断宽她的心：尽人事听天命，急也没用，读不了书的大把人在，谁说读到书就一定发达呢？

　　中五时，她拼命温习，会考成绩却只得两分，勿说上大学愿景成泡影，连父母期望她进入银行做个小职员的希望也极之渺茫。怎么办？坚持读下去还是进入职场？父母权衡再三，认为她年龄太小，不如去工业学校多读两年再找工作吧！

　　在工业学校里，她结识了三个女同学，结成"四人组"，一位组员的父亲是外籍人士，全家人讲英文，女孩们常到这家来玩，时间一长，她们平时也以英语交谈。在课堂上，她们互相提点"对付"老师，课下，一起温习共享心得，四人的成绩日渐提高。后来，由于学校间的合并，因缘际会之下，四人得以一起进入理工学院。

　　如今的她已是一女之母，丈夫是数学才俊，在金融界工作，她则成为一家大公司买手，工作是兴趣所在，干得开心，薪金也不错。另外三个女子也是各有高薪厚职，她们至今仍是分难解忧的超级密友。

　　父母看到她生活幸福老怀大慰，她们将女儿命运的改变，归结为好朋友的影响。近朱者赤，同辈人为人生理想同路奋进，健康言行相互影响、相互教化，从而共同得益。

名医传奇

父亲病重时，妹妹叫我们立即回京。赶到医院，以为父亲会昏迷不醒，谁知他谈吐正常、能吃能喝，脸色也还好。转天早晨，看护说他一夜折腾了几次医生，透不过气来。但我们看他吃过早餐，又没什么大问题了。

去办公室问主治医生：父亲出院后应怎样照料？医生竟反问：老爷子还能出院哪？这意思太明白，我当场洒泪。我儿子是香港医生，他当时仅从旁协助减轻外公痛苦，并无提供医疗意见。

但两天后的下午，儿子突然说：快去叫外婆来，外公两三个小时后就要走了！果不其然，父亲于傍晚近六时停止了呼吸。

某女士讲述她父亲六十二岁过身的事予我听，其中也涉及医生知人寿命的准确时限。话说其父戒烟十年，身体强壮，当突然咳个不停就走去医院，医生说他肺上有粒东西需开刀，其父做手术后回家静养，却还是咳。儿女立即求助本港一位名医，名医看了重拍的片子后说，那粒东西还在，它靠近心脏关键部位不能去除，这病不能医了，还有两个月寿命。

家人急了，一再哀求，名医说，能医的一定医，不能医的无谓耗费金钱时间，也增加病人痛苦。女士说，经历了名医所说的三步骤：咳嗽加剧、咳出血、大便不通后，其父刚过两个月就真的挨不住了。

我问了名医的名字，又查了女士所说的诊所地址，却未能在网上查获，或是那医生没等互联网盛行便已结业了。

爱需要积累

我爱我的姨母，因为出生便吃她的奶，幼年与她同床十年，她身上的气息仍没忘记。还有，我病了，她立即上街，买一只我最爱吃的橘子，不论多少钱，她都舍得；我发脾气时，外婆不理睬我，让我独自坐在外屋哭个够，我想着如果是在父母身边，该多么幸福！愈想愈难过，哭得要晕过去。每次，总是姨母不理外婆的阻止，走过来抱我在怀里，"心肝""宝贝"地叫着。

我在曼谷曾结识一位中学教师，儿女去了外国读书，她退休后在家里弄弄花草，有时也开车外出与朋友聚聚，她对丈夫公司的事不闻不问，也不参加应酬，仅是周末，才会妇唱夫随，逛街撑台脚。

看他们夫妇感情默契，请教她夫妻相处之道，她一句话至今记忆犹新："只记着他的好，只想着他的好，其余都忘掉。"我明白此话的意思，问题是，如果丈夫曾对她不好，又怎可以做到只记好不记坏？

我表妹曾谈起以前家里的司机无儿无女，一直与他们同住，像一家人一样，送终也是他们兄妹操办的，与一般家庭的小辈送长辈没什么分别。

姨母那样爱我，我也爱她，很正常；那位丈夫肯定爱妻子，否则妻子不会有那么多的好记在心里；司机如果不曾对表妹他们付出爱，又怎会得到养老送终的回报？

结论：爱需要积累。

生命之初

　　母亲十九岁嫁予父亲，不久就怀上了我。听母亲说，她怀我时没胃口吃饭，却特别爱吃荸荠，生着吃，煮着吃，炒着吃。将临盆时，在她工作的纱厂卫生间摔了一跤，至我生下来时，脖颈缠着脐带，浑身憋得发紫，经抢救保住了小命。

　　我在常州城某医院出世，然后母亲便带我住进了祖母家。父亲从北京赶回来看望我们母女，因当时是农历十月，正是江南霜降的深秋，所以，父亲为我取名慕秋。不久，我被接到常州西门外的一个小镇，那里是母亲的娘家，与外婆、姨母住在一起。

　　母亲为工作离去，没有哺乳我，姨母给两岁儿子断了奶，用她极有限的残奶喂养我，有时也东家一口西家一口，被抱去吃其他母亲的奶。外婆则常以米面糊糊作为主要材料，放些菜碎、鱼汤、蛋羹等喂我。

　　外婆不喜欢我的名字，对我说："你爹爹起了个什么名字？木楸木楸的，真难听，又绕嘴。"所以她一直叫我"丫头"，直到父亲给我起了另外一个名字。

　　小时候的我是只丑小鸭，头上顶着细细黄毛，脸庞及身材都是瘦长的，不过，我永远扎着漂亮辫子，穿着整洁衣衫，像个小公主般受到家人的呵护疼爱。成年后回忆在小镇生活的十年，明白到那是多么天真烂漫的十年啊！我的生命之初犹如一日之黎明，纯净透亮，满是幻象与和谐。

　　外婆家门前有条弯弯小河，两岸长了许多桑树和竹子。天气暖和的季节，河面上飘满了莲叶和菱叶，荷花、莲蓬、莲藕，各种形状的菱角，是司空见惯的东西，我五六岁已开始坐在圆木盆里下河采菱角。女人们在河边洗米、洗菜、捶打衣裳，光屁股孩童们肆意嬉闹玩耍。冬天，河面上结了薄薄一层冰，我们就砸开冰面，放鸭子下水捉鱼吃，有时也把一块块碎冰捞上来玩。

我们的右邻住着一位本家公公，河边一个很大的百花园是他的私产，他因为太爱种花，大家都叫他"种花公公"。公公永远穿长袍，知书达礼，毛笔字劲棒，是有名才子。他妻女住在上海，很少回来，他在种花中消磨时间，寻找乐趣。

种花公公的花园有很多工作要做，而我们这些孩子是他不花钱的帮手，拔草、捉虫、采花籽、摘花……他为哄我们开心，也种些指甲草、耳环草、含羞草等让我们玩耍。有时，他也分些晒干的金针菜、小菊花等，让我们拿回家去吃。种花公公还是一个受人欢迎的风水先生，可惜当年不懂向他偷师风水知识，否则今天可大派用场。每逢春节临近，他整日忙着写对联，纸张铺满一地，我们这群孩子仍是围在他身旁，乱哄哄地好像很能帮忙似的。

从我家后门出去穿过两条街就是古运河，河面宽阔，各种船只穿梭往来，汽笛声、机轮声，以及船家粗蛮的吵闹声，交织成热闹场景。我们常常乘坐的客轮，每天在常州与宜兴间往返一次，所以上下午定时会传来汽笛声，全镇人都听得见，那是轮船在宣告："我抵达码头了，乘客快上船！"

运河将小镇一剖为二，但河上的大石桥却又将小镇连接起来。这桥像一条高高弓起背脊的水牛，圆润光滑，桥上不知有多少级石阶？多少个狮头？是哪个朝代建造？我一无所知，但我非常喜欢这桥，有空就趴在桥背上，看各种船只以及船上的货物，看串在绳上弯着腰的一大队纤夫，他们绕过桥下石道艰难举步，还有靠近岸边的雪白鹅群、灰蒙蒙鸭群。夕阳西下时，更可看到远处斜上天际的太湖，水面闪耀着太阳的折光，像镜子般明亮，景色美妙得难以形容。

六岁那年，我入读镇上的中心小学。每天上学前，照例与一众小伙伴去捞田螺，田里的，塘里的，不管是大如鸡蛋，还是小如纽扣，只要能吃，便都捞了上来。有时还可捞到几只蚌，或者捉到几条黄鳝之类的小鱼，把这些东西交到外婆手里，然后才吃碗白粥几只团子，背上书包上学去。下午回家，放下书包先去割一篮猪草，完成这项例行公事，才可做作业或做其他事情。

那时，学校里的生活也是丰富多彩，师生们自养家禽，它们的粪便又可种菜，虽然一切收获归老师所有，但猪羊鸡鸭带来的欢乐，也是有价值的。大点的学生甚至为老师打扫房间、抱孩子、买东西、洗衣服，许多老师是无锡、镇江人士，吃住在学校，每月才回家一次。老师们有时会去附近的学生家拿些新鲜瓜果菜蔬，家长有时也主动送来学校。

每个学期末，语文算术得到双百分的，学校会颁发奖状，并奖励一只茶杯或一块毛巾。我次次得奖，外婆姨母总是高兴我"会读书"，她们将奖状寄往北京，父母便寄新衣来奖赏我，我也会被祖母接去城里，与堂兄弟姐妹们过一个快乐假期。姨母年老后，多次说我的成绩曾得过全武进县第一名，不过，我知道她是夸大其词而已，小学那点东西有多难呢？武进曾是全国第一大县，我要真能得第一，今天也不会如此庸碌无为啊！

熬过三年大饥荒，我离开了亲爱的故乡小镇，似乎，童年生活就在那时随生活的转折而消逝，我突然间长大了。当课室容不下书桌，全国风起云涌时，我被时代狂潮抛到贫瘠天地间，没有泪水只有汗水，没有鱼肉等营养食品，终年吃高粱玉米。

青春的那些岁月，我带着一只木箱，里面放着全部生活用品，两至三年换一个地方，走南闯北，历经风霜，尝遍酸甜苦辣，受过多少苦？真是天晓得……

回想往事，童年生活确是最美好，没有优渥的物质享受，也无严格的启蒙教育，但由于是在美丽的自然环境里，在爱我疼我的亲人抚育下度过，所以身心的基础健康才坚韧，几十年来才经得住艰难曲折。

生命之初的光华与活力将永远保存在我心间，不会失落，不会黯淡。

忠贞佳话

年前家里添了辆车，需要多租个车位，听说楼下住户有空车位，便写下电话号码由保安转交。几小时后，一位自称"王太"的人打电话给我，说可以出租车位。

我曾写过一楼有位弹钢琴的老太太，高贵典雅引人注目。这位王太则是住在五楼，与我家真正的楼上楼下。曾见过王太的儿子来接母亲外出，知道她是坐轮椅的，也有时见她坐于阳台上，看着外面车来人往。

晚饭后，我拿着支票下楼按响王太家的门钟，菲佣来开门，王太扶着助行车站在餐台旁，招呼我坐下，又用英文叫菲佣备茶。虽与王太通了两次电话，简单对话后知她脑筋反应还行，但我仍以为她老得一塌糊涂了。然而面前的王太让我大吃一惊，她表现出的活力，简直可以用"精灵"来形容。

我说租金从明日（元月二十七日）起算，王太立即响应："唔使！从二月一日开始就行了，你明天起就可以泊车，差几天，有什么所谓！"我问她支票抬头怎样写？她拿起笔，写毛笔字般写下她的名字，字体端正漂亮又令我暗吃一惊。随后她对我这样自我介绍：先生姓王，我本人姓"钟"名"贞"，先生去世后从加拿大回来，在这里住了十年了。

宽阔的厅堂挂满字画，近距离感受老人身体散发的书卷气，猜想她漫长人生定是非凡脱俗，充满红颜佳话丽质色彩，人如其名忠贞坚定！

叫一碟鹅饭

我家乡水网纵横，鹅鸭成群，但印象中，幼时经常吃鸭，却从未吃过鹅。

二十世纪八十年代初到了曼谷婆家，有次家婆的娘家人要拜奠祖先，大家分工合作，每家做一样奠品，我家婆获分配做卤鹅。家婆去市场买了只活鹅，很大，估计有十来斤重。

我一直从旁看她怎样做，大概情形是，用盐将鹅里里外外涂抹，放了一阵，然后烧水，放进许多种调味品，具体放啥已不很记得，鹅冲水放卤汁里煮，后来又捞出放入大圆盘隔水蒸，蒸好后熄火没开过盖，直到第二天清晨拿出，连盘连鹅带去了坟地。拜完祖先，大家就地将奠品斩件，卤鹅及乳猪是最受欢迎的。

真正对卤鹅的味道有感觉是在一九八六年春节，先生带我与孩子去到汕头，所住地方的巷口有家卤鹅店，我们在那里吃了几餐，次次唇齿留香，心想，鹅怎么会这么好吃？多年来去了潮汕地区几次，那里美食多，但卤鹅一直是我的首选。

香港吃卤鹅的去处其实也不少。元朗有家叫新顺兴潮汕卤味店的，又新街的店门面小，没堂食，门口总是大排长龙，我们回到元朗经常去买盒卤味带回家吃。后来发现安宁路又开了家分店，有堂食，便去这家吃。先生每次叫鹅肝拼猪头肉，我则永远是叫碟鹅饭，另加一碗木瓜花生排骨鸡脚汤，我留意吃堂食的，大部分人爱叫鹅饭。鹅肉切薄片，皮、肉、骨各有味道，感觉人生那一刻的幸福，就在这碟鹅饭上了。

交际花

　　家乡小镇有个叫秋萍的女人，在我脑海中留下深刻印象，半个多世纪过去，不光仍记着她的姓名，连她的样貌也没忘记。人们背地里都说秋萍是上海来的"婊子婆"，我姨母听到总会反驳一句："不是呀！她是交际花。"

　　秋萍并无江南女人的娇弱柔美风姿绰约，她身材高挑、四肢有力，脸呈鹅蛋形，眉眼很好看，身体总是散发着香气，有些人说秋萍是狐狸精，却从没人说她勾引过谁，其实女人都愿意接近她，我姨母就是她的好友，两人同为幼儿园教师。秋萍是随夫来到小镇的，她丈夫脸上有麻子，当时许多人都有，那是出天花的痕迹，除此外，他长得俊朗潇洒，有上海小开的风度。丈夫家开豆腐店，即便是夫妇二人扎着围裙，在热气腾腾的作坊里忙碌，或是像驴子般转圈磨黄豆，也是有型有款。

　　秋萍有两个儿子一个女儿，儿子们学业优秀、言语不多，他们的妹妹却整天叽叽喳喳，说两句话吸一吸鼻子，一副看不起镇上土小妞的神情，其刁蛮俏皮出了名。秋萍娘家在哪里？在旧上海到底做何营生？她从未吐露半句，浮世风霜已将她改变成一个住家娘，但她的见多识广、遇事有决断，证明她曾有丰富的人生经历。

　　姨母获准来港与丈夫团聚时，她的行程由秋萍帮助安排，那是一九六二年初春，秋萍陪同姨母到达上海，送她登上南下火车，一对好友就此惜别。

养宠物

　　我儿子小时候喜欢养宠物，他养的小狗长成大狗后，三餐很难侍候，而且不光经常要洗澡，冬天洗完还要吹干；夏天，它在笼里大解一次，异味久久不散。如果不是天天带出去遛弯，它便不停脱毛。后因时间精力实在不济，无奈将它送了人。

　　家里也曾养过一只小白兔，倒是挺得人喜爱，只需一个纸盒安置，喂些菜叶，平时放出来，它到处转转，无声无息的，也相当干净。兔子比狗长得还快，我们不得已将它放生了。

　　养宠物鼠是愉快的事，看它们吃喝不停，跑来跑去，就觉得像人类似的。一只鼠生了十三只小鼠，有一天不知怎地全跑出了笼子，钻得不见影，我先生有意见，从此不准家有老鼠，担心它们钻进冰箱等电器惹出麻烦。

　　年前某晚，三个孙儿又围在沙发上，与我讨论可否养宠物的问题，他们的母亲走过来说："爸爸是因为家里就他一个孩子，宠物可与他做伴，有兄弟姊妹的为什么要养宠物？你们以为养宠物很容易吗？养宠物是要负许多责任的。"

　　老大问："什么责任？"她母亲说："好多事要做的，比如病了要带它们去看医生，一旦养了它们，便不可以抛弃。"老二又问："什么叫抛弃？"我告诉他："就好像一楼那位阿姨家的狗，太老了，眼瞎了，也不可扔掉的。"孩子们听完我们一轮说教后，悻悻然入房睡觉去了。

生命夕阳西下

南京表嫂打电话来，问我母亲的现况。表嫂告诉我："我孙子上大学啦！孙女上高三。"我一下反应不过来："这么快？你儿子才多大？"表嫂大笑："我都七十六了呀！"表哥接过电话继续说："我今年七十九，精神还是蛮好……"

当我向母亲转述表哥夫妇的问候时，母亲竟然问："他爸还没退休吧？"我真有点哭笑不得："表哥都快八十了，他爸如果在世，还能工作吗？"

也难怪，多年不来往的亲戚，对方家庭的变迁，我们又怎会得知？我对表嫂的印象，还停留在二十世纪六十年代，她出差到北京，记得与我们几姐弟睡在一张床上，教我们唱南京小调，好像是小妹妹提着竹篮去买菜什么的，那时的她短发齐耳，英气飒爽。表哥曾在长江开江轮，后来听说他们转行去搞地产，在青岛、天津分别住了许多年。他们以前是常去北京我父母家的，只是我在外地，与他们已几十年没碰面了。

与我有血缘关系者，在这个世界上到底有多少位？我第一次扳着手指算了一下，不出三代的堂兄弟姐妹不太多，大约十来个，表兄弟姐妹可太多了，几十位，尤其是我母亲家族大，女性外嫁不同地方，开枝散叶生下许多个。

一晃几十年，未及细品人生，生命就已夕阳西下。人类新老更替是无奈事实，当祖辈的音容笑貌仍在脑海，父辈开始老态龙钟，当父辈离世得差不多，就轮到我们这一辈不济了。

情感撞击

老友从天津返港，送来一些当地特产，有十八街小麻花、万全堂茯苓糕，还有一种叫羊肝的食品，是用红豆沙做的。她说如不是天气太冷，行李箱要装许多寒衣，否则可以多买些土特产作手信。

她的儿子去北京出差，知道父母平时挂念天津老同学，就带着两老一起北上了，儿子京津两地跑着照顾他们，尽显孝心。她与丈夫一个近八十岁一个逾八十岁，天津当地有近二十个同等年龄的大学同学，得知他们到来，非常雀跃。毕业至今五十六年了，全班同学各散东西，有的早已离世，活着的都极为珍惜同学情。她说有一个在南京的同学很热心能干，每年会出简报分发予大家，互通概况。

我们也有许多老同学，去年十月下旬在天津举行的"四十年同学情"聚会我们没能去，但三天的活动，通过微信可以全部看到。几十张熟悉又陌生的面孔，带回青春期的相处片段。目前，大家不老的是心态，形体都老了，有的甚至是拄着双拐前往赴会的。而老师们，更是几乎认不出来了，岁月带来的变化真实而残酷。

那几天，一有空就开着手机看照片及微电影，感受到每位同学发自内心的真诚与喜悦，当他们举着酒杯喊着我们的名字，说大家想念我们时，内心大受震动，情感上经受一次撞击。

为着这次聚会，有钱的出钱，有力的出力，筹备组前后出了七份通告，还有回忆文章、精彩讲稿、财务报告、才艺展览、炫拍相册、实况影碟等，噢！还有各色礼物。这个聚会堪称一次成功的欢乐大派对。

楼上王师母

我读小学时，每逢寒暑假就乘搭轮船，去城内祖母家，与五个堂兄堂姐妹一起玩耍。祖母家楼上住着王师母一家人，王师母是个很安静的女人，永远梳着一丝不乱的发髻，永远的素布衣衫，却难掩她曾经的美貌。我从未能看清她的眼睛，不知她的眼珠是温暖的还是冷漠的。

王师母有时提着竹篮去买小菜，低头走自己的路，有人打招呼她便"哎！"一声，并不停留；她在灶间做好饭菜，用托盘端上楼去，与女儿及外甥女进食。有时，她们就坐在楼上的木栏长廊内，面无表情地看着楼下的明堂。这常州城中庸路的一栋楼屋，富丽堂皇，以前全部是王师母家的，后来我伯父家占了楼下一层及明堂，屋后灶间以楼梯为界，两家各用一半。王师母每天轻手轻脚地走路，在宽阔的楼梯上上落落操持家务，举步优雅得像个贵夫人。

王师母是谁？只听说她的丈夫是被"镇压"了的，她的女婿去了海外。女儿终日上班，养家靠她，稍长的脸面毫无笑容。外甥女拖着两条长辫子，窈窕淑女，当年青春貌美，她轻快地进门上楼，但亦无欢歌笑语。母女三代的内心有无希冀？想是有的！那女婿不知后来有无音讯？

二十世纪九十年代中，我曾匆匆回故乡一次。返港不久，便得知那栋旧屋清拆了，那楼上楼下的许多故事，也随着城市现代化的建设烟飞尘灭。

雪泥鸿爪

"人生到处知何似，恰似飞鸿踏雪泥；泥上偶然留指爪，鸿飞那复计东西。"（苏东坡诗句）人生四海漂泊的痕迹，就像鸿雁在雪地上留下的指爪。编辑海伦小姐有次在 WhatsApp 提及我生活过的地方，包括常州、北京、山西、曼谷、长安、香港，她其实还漏掉了一个天津，我在那里前后共住过七年。

那个年代，少小离家劳燕分飞极之普遍，个人利益算得什么？家人想住在一起有许多现实问题，户口、单位、工资级别、房子……十七岁离别父母，单在山西就移动了多处，从农村到县城再到专区所在地，后来到省会，全部行李永远是一只木箱、一个铺盖卷。

香港回归前，陪一位新加坡友人去无锡，他在那里买了一套房，过去看看是否卖得出？当飞机抵达上海，我在空气中闻到家乡气味，心情难以平静。上海并非故乡，仅是在母亲肚中做过九个月上海人，不知为何有欲哭的冲动。后来，我们在无锡租了出租车前往常州，我真正的故乡。当车经过怀德桥时，探头寻不见曾经熟悉的油条铺，眼泪终是落了下来。不管在多少地方留下"指爪"，内心竟永远存有家乡的气味。

最近一位住港岛屋苑的女子说，她父母以前住惯九龙，至今买个扫把等日用品也要坐的士过海回九龙去买。我想，待她的"指爪"亦遍及四方，并活到了一定年纪，就会明白人是会念旧怀旧的。

旅途趣闻

我是婆婆

台湾屏东县恒春镇有间贝壳、木雕、手工艺品的批发零售店，我们上午途经发现后，傍晚回程时特意停车，入内选购手信。

店铺很宽敞，商品琳琅满目，摆设得十分漂亮，儿媳带着儿女满店搜罗，小朋友们开心坏了，喜爱的东西很快装满一小筐。

我转了一圈，便在首饰柜前驻足。一位年轻店员走过来，柔声地介绍："太太，这些东西都是自然的，我们店不卖假货，好像这种珠链，是用夜光贝一粒粒钻出来，颜色虽不同，但一样光滑清凉，你可以试戴的。"她要赶去收费台帮手，又客气地说："不好意思啊！你慢慢选。"并拉开柜下两个抽屉给我看，里面摆放的都是较贵重饰物。

我挑选了一套夜光贝首饰，然后转到靠近大门的玻璃柜，欣赏红珊瑚饰品，这时一位老妇走近来搭讪，我初时以为她也是游客，但其珠光宝气的装扮又不像，当我自言自语说了句："这个胸针要二十六万，贵了点。"老妇立即说："这胸针如在外边卖要贵许多。"我问："店是您开的吧？"她笑笑："我是婆婆！""外婆？""我是婆婆！""家婆？""我是婆婆，那是大儿媳，那是小儿媳。"噢！店内两位可爱小女子原来是她儿媳。好福气！

老妇身材胖墩墩，皮肤黑黝黝，反衬出她胸前用碎钻镶的硕大半珠，米色也如白色似的。她说早年买下这块地，起了这个店，工厂在高雄，产品主要批发往欧洲。

临走，老妇给了张别致名片，上绘小黑猫钓鱼，写有店铺地址及两位儿媳的名字。

台湾筑路工

　　若要问台湾自驾游印象最深刻是哪一点？我想首先是对山路的观感。

　　我们在高雄下机后，在机场提取一辆"大众"七人车，车只有八百公里行车记录。经屏东抵恒春，在垦丁住了三天，然后便经台东赴花莲。

　　初时路段还好，途经佳乐水风景区，便下车饱看海边奇石，品尝"海鲜合煮"。上车继续北上，风景便渐趋荒芜了。左边是山连山没完没了，右边是太平洋，海水颜色随阳光变化，深绿浅蓝变化莫测。天暗下来后，下起了雨，没有路灯，在黑漆漆山海间，我们紧随一辆前车，它的尾灯照亮了公路。

　　我对山路并不陌生，二十岁前，已常在北方的山路上颠簸，当时下乡坐帆布吉普车，就是怕颠得厉害时别撞破了头。此次在台湾，我们最长的持续驾车时间，分别为四个半和六个半小时，儿子做司机，他说不累，但我平时坐车很少晕车，今次却顶不住了。其实路修得很平坦，不是颠的问题，而是上下山及弯弯绕的问题。

　　从花莲经宜兰前往基隆时，不知穿过多少隧道，孩子们说笑累了就是睡觉，一次，老三梦中大喊：VV！这险峻路段见不到避车位，只得由他去尿湿裤子。

　　台湾人真了不起，山路纵使宁静寂寞，却不失光洁漂亮。某处路边有一尊筑路工挥舞铁钎在岩缝间凿打的雕塑，感人至深！

十分寮放天灯

台湾新北市有个叫十分寮的地方，有近二百年放天灯历史。如今去十分寮的游客极多，我们今次游台湾，也特意去了一趟。

十分寮是个小山村，最早是中国福建的汉人移居当地垦荒种植，每逢过年时节，他们就点放天灯祈福，并认为天灯会顺着风向由基隆河飞往大海，象征着向家乡亲人报平安。有时也因遭遇盗匪骚扰，村民们四散避祸，待土匪走后，留守者便施放天灯报平安，所以天灯又称为祈福灯或平安灯。而我们总觉天灯这词令人有其他联想，所以，将天灯称为"孔明灯"。

天灯以竹枝为骨架，外贴宣纸，四面宣纸的颜色分别为红、黄、蓝、紫，每一种颜色有不同的意象，比如红色是健康、黄色是发财、蓝色是事业、紫色代表学业，我家小朋友在父母指导下，人人手握毛笔，在紫色那一面写下"得满分，老师爱，科科好成绩"，并签上自己的名字。

全家人写毕，便有人来帮助点燃系在天灯下部的泊纸，天灯受热膨胀后徐徐升空，那一刻，大家都很兴奋。

放天灯的地点在铁轨上，小火车通过时，人们需让路。

看周围人们都写些什么，也很有意思，有两位打扮漂亮的少女写了很久，都是大树开花、花间有佳人、花道路路通、鲜花满胸怀的词。另有几人在天灯四面写的都是"二姐早日康复"。

放天灯者八成是年轻人，买上大批小天灯带走的，也是年轻人居多。

温情台湾人

游台湾时，正逢"大选"前的最后造势阶段，从穷乡到城市，到处挂着各党候选人与地区"立委"参选人的巨幅合影照，加上圣诞及元旦两个节日，整体气氛较热闹。

我们见到的台湾人均表现有修养。在花莲时，有次向一位男青年问路，他原本蹲在自家门口正抽烟，为了帮助我们，他立即起身，掐灭了烟，微笑着指路。去街市买水果，见那些小贩也很礼貌，有台湾人说，夫妻吵闹、政客打架时才会大声说话。

最欣赏台湾女性的斯文，垦丁有家旅店叫"冒烟的乔雅客"，他们的中西式早餐做得好味道，尤其是牛肉面、海鲜粥。吃到快结束时，女侍应会走过来问：够吗？要不要添一些？

在花莲，我们住文化产业园区的日本木屋，园内餐厅供应西餐，如果我们没有提前讲清楚吃什么，她们便会打电话来询问，每次我们走过去，一定看到位置已安排好，大人小孩的餐具整齐摆放，我家老小三代，谁坐哪里，她们都记得。

元旦前夜在淡水一间面馆，老板忙着煮，他太太则跟着电视里的表演跳着舞步，手拿一包薯片笑嘻嘻地请食客品尝。这太太四五十岁年纪了，还是这么活泼可爱。

庶民面食

　　游台湾的首餐是在恳丁吃的，因为见到"卤味"的招牌，想是有好东西吃，一家大小便走进店去。谁知那些鱼丸、豆腐、菇类等，不过是在滚水中焯一下就上桌，你愿意点酱油就自便，不点，就没啥味道，挺硬的丸子里还包了馅，以为是豆制品的东西大多是面筋……。

　　以往总听说台湾小食好吃，我先生到过台湾多次，听我念叨到台湾一定要好好吃，便大泼冷水，叫我别抱太大希望。还真被他说中，这第一餐令我失望。

　　不过，从第二餐吃牛肉面开始，对台湾美食的信心又回来了。自此，在台湾南北近十天旅途中，我们不断吃面食，包括各种面条、包子、水饺、馄饨、葱油饼等。先生向来对面食有偏见，说是吃到喉咙吞不下去，我们去日本或韩国，看大家津津有味地吃拉面，他就没食欲，要另找餐店。但今次在台湾，居然有时也吃面食，没再出贬词。

　　台湾面食真是庶民食品，二三十港元就可饱肚，物美价廉，在香港赚钱，拿到台湾来消费，生活满足感立刻提高。在香港也吃得到饺子馄饨牛肉面，但味道到底有分别，吃台湾平民店的面食，不比在香港吃"鼎泰丰"差。

　　我弟弟的亲家夫妇每次来港，经常获邀吃大餐，他们不太适应，亲家太太说，他们在台北家里，晚餐很简单，吃碗面什么的就行了，人也觉得舒服。台湾人性情普遍温软，可能与吃面食有一定关系。

昂贵珊瑚

台湾东岸及澎湖一带是珊瑚产地，据说世界百分之八十的宝石珊瑚更是产于台湾，故台湾有"珊瑚王国"之称。

珊瑚分两类，一类是浅海珊瑚礁，结构松散脆弱，派不上大用场。而宝石珊瑚则是生长在深海底，生长缓慢，十年长不到一英寸，加上摘采困难，所以非常珍贵，可制作成高级珠宝、雕刻工艺品等。

宝石珊瑚外形像树枝，颜色鲜艳，分为白色、粉红色、橙红色、红色、蓝色、黑色等，特点是质地精密，硬度和象牙相近。几年前，大陆曾有一个留洋的女孩，将父母给予的学费买了块宝石珊瑚，学也不上，抱着珊瑚回国了。后经中央台"寻宝"节目专家鉴定，这块珊瑚从一百多万元人民币的买入价暴升了许多倍，女孩发财了。

我们今次在台北"101"的珊瑚专卖店，领略了珊瑚的种类及昂贵，大多数小件饰品从几百万（新台币，下同）至几千万元不等，有些大件摆设未见标价，不用问也知是价值连城。

在此之前，我在台南某店购入一串标价数千元的红珊瑚颈链，当时老板说开张后还没做到生意，对我的还价欣然接受。那链由无数椭圆及圆形小珠串成，手工没得挑剔，但一路走一路看，见得多了，尤其是来到"101"这家店后，知道自己是犯了一次傻。

珊瑚属有机宝石，近年大受追捧，许多游客游台，买宝石珊瑚最舍得花钱，不过买前有必要先做"功课"。

幽静会馆

　　我们在台湾自驾游的最后一站是台北，租住地点在离台北市中心一个小时车程的淡水。那晚，当我们的车抵达某屋苑楼下时，一位女管家下来迎接。

　　儿子预定的这套会馆给了大家一个惊喜，一是高，在整栋大楼顶层，复式，四五个小阳台花草茂盛，露天茶座、有盖布垫疏落有致，淡水江入海景观更是尽收眼底。二是大，室内面积达九百多平方米，房间分别以法国、西班牙、日本等情调布置，装潢豪华，旋转楼梯也有两个，我家小朋友首次住这么大屋，兴奋地到处走动游玩，进门没半个钟，老二已从楼梯上滚落一次。

　　女管家约五十多岁年纪，妆容时尚。在我们居住的几天时间里，除首晚见到业主的女儿及一个菲佣，其余时间都只见到女管家，她为我们准备早餐，不论西式还是中式，例必有一碗蔬果沙拉，颜色美得叹为观止！她准备的茶点也跟艺术品似的，处处插花亦独具匠心……我问她怎么把一切都打理得如斯美丽？她说以前是学油画的，老板登报请管家，她应征而来。她所做的一切，老板在监控器里都可看到，老板要求非常高。

　　后来得知，此屋老板是台湾一位名医，专为妇科恶疾患者动刀，他的父亲二十多年前买下此屋，如今已不可能买到这么大的了。老板住在台北一套类似大屋，淡水这间用来出租。房间可分租，也可像我们这样包租。租客中有两岸达官贵人在这里会面暂住，也有年长学者，喜欢此处的幽静。

慢叹台湾

从前有个单身同事，一有假期就去台湾，他说每次选定落脚点，慢慢看周围。他给我们看的照片，都是奇花异草、湖光山色，自己并不在相中，他对台湾的自然景观颇是沉醉。

我家邻居也是很爱去台湾的，一家四口已去过八次台湾，多数是带回书籍、咖啡豆、手工艺品等。他们的观点与我那位同事相似，认为游台湾要慢慢"叹"。他们通常会先找好一个民宿，最好是独立屋，有花园草地，面向大海，一次只玩这一个地方。据他们说，在台湾包车便宜，日付约千元港币，司机会带客人去看著名景点，吃地道美食。

相比邻居的做法，我家这次游台较贪心，去的地方多了点，不过，快中有慢，玩的花样还算丰富。

垦丁一带，有跋山涉水的野外骑马；紧张刺激的实弹飞靶射击；到处有电动赛车场；儿童玩的更是五花八门，如水上划艇钓"鱼"、驾驭微型掘土机等。开游乐场比开餐厅进账快，眼见大批游客豪爽花费，将钱留在了台岛。

在花莲，我家小朋友参加了预定课程，学画油画和制作肥皂，而当地的琉璃产品物美价廉，也是要买上一些的。

台北景点多，参观动物园，乘览车上猫空山，都是精彩活动。

在猫空山上光顾名为"小日子"的茶座。隐藏在山路下的一小方平地，几张桌，一个冰箱，便是老板的全部"家当"。看看夜景，叹杯果茶，抱逍遥心态，慢悠悠品乐趣，是我当时的心头写照。

残败古建筑

　　台山游的观感之一是：形成贫穷或富裕的社会现象，与当地人观念极有关系。

　　台山是著名侨乡，海外汇款曾经源源不断，但近年欧美国家经济不景气，汇款锐减，直接影响了台山人的生活，许多乡舍看来残旧。

　　当我们来到著名的梅家大院，尽管占地八十亩的一百零八栋"骑楼"外形还在，却是断壁残垣，千疮百孔，十室九空，游人不敢靠近危楼，仅透过无门大厅，远望曾经的"奢华"。宽阔的场院上有零星生意人，他们随意在空地摆卖商品，大多是咸鱼虾酱之类。二○一○年《让子弹飞》在这里拍摄，当地人引以为傲，刘晓庆等明星的影照也贴了不少。梅家大院地处平原地带，田园风光原始质朴，但这名胜古迹竟未能修葺，如此惨状，实是辜负了鱼米之乡之美誉。

　　邻近冈宁圩的古建筑群与梅家大院不遑多让，也是大片西洋式骑楼，造工精湛，千姿百态，却一样地破败，所幸当地声言要建造影视城，吸引了一些剧组及游客到来，加上常住人口略多，鸡群狗只满地闲逛，所以生活气息浓厚一点。

　　沿途所见，台山周边地区的经济发展各具特色，有的靠制作红木家俬，有的搞服装业，有的搞五金、装修……全都是从小起步，积累资金经验，一步步发展为大产业，同时不断完善基础设施，因而市区乡郊的环境大大改观。台山自身条件也不错，也应有能力改变面貌。

台山别墅

颐和地产集团于广东台山新建了一个温泉城，温泉区已基本完工，酒店、湖心岛、大批度假屋则仍在建造中。

去年年初，我们从深圳驾车出发，经西部沿海高速公路，行驶了三个多小时，如不是塞车，正常情况下两个小时就可抵达目的地。温泉城开始试营业，并未正式对外开放。

该处温泉的水温达七十多度，放水后需等温度降至四十多度才可下池，原汁原汤，不失为一番享受。我们一行四人，入住一间"顶级"别墅，室内面积六百多平米，三层高，设电梯，厅多房多，单是三进间的主人房，也有百多平米。全屋中式装修，感觉上掺和了日本风格，房子大而豪华，港人见了都会流口水，但真要住，恐怕要考虑，首先是要请多少佣人打理？另外，到处门窗、阳台，灯火更是多不胜数，却未见计算机控制系统，没半小时折腾检查出不了门。

屋外后花园设泳池、温泉池，前花园另有一扇小门通往车房，整个建筑面积过千平米，在香港，即便是新界，售价也需几个亿，但此处每平米仅五千元起价，大大小小的别墅，几百万元有交易。台山外侨多，类似这种地标式的高档房产，估计会吸引他们回乡购买。

温泉城内的保安也是一景，红色制服，英姿勃发，见到主管并腿敬礼，报告声嘹亮。

收购黄鳝田鼠

　　当来到台山水步镇，同行友人毫不犹豫地带我们走进了兴华餐馆，说这里的黄鳝饭较正宗。在此之前，我对黄鳝其实没多少好感，甚至有恐惧心理，不过，既然黄鳝饭口碑这么好，带给我好奇心，不妨试一试。

　　论餐馆环境，排不上档次，属农村地方的小店，食客多是当地人，大声讲话大杯喝啤酒。上菜者皆为农妇，倒是带来几分家庭开餐的温馨感。我们点了黄鳝饭后需等一段时间，所以先吃了话梅猪蹄，那蹄儿皮肉筋相连，酸酸甜甜，柔韧酥软，好吃得很，连盘内的花生米也被我们吃光。接着，上来一盆鳝鱼骨煮枸杞叶汤，热乎乎的，你一碗我一碗，也颇受欢迎。

　　黄鳝饭终于上桌了，当沙锅盖一打开，热气迷离，只见绿的葱花、黄的姜丝、段段鳝鱼……未等再看清楚些，农妇已两手执勺，上下翻腾起来。首次，我只要了半碗，第二次一碗，第三次再想盛时，已见锅巴了。锅巴也很香，同行者用力撬动，让大家都吃到一些。

　　味道不必细说，做法也大约知道，一句话，好的东西一样地好吃，不好吃的各有各的难吃。当我走出餐馆，在门外流连，见一块大布被竖立在当眼处，上有大字"收购黄鳝、田鼠"，下有略小些的字，包括"当地土鸡"等，很后悔没早些看到"田鼠"二字，因为我知道田鼠肉更美味。

致富看澳门

远观近望，发现香港正在吃老本。

我家于年初二前往澳门游玩，住进金沙城中心的假日酒店。两年前，我们曾在银河酒店住过，当时路凼新区的一些大型基建项目，如今有的已投入使用，有的还在施工中，而建不完的酒店、天桥等新项目，颇引人注目。澳门大举填海造地，用尽国家予以的优势，城市面积不断扩大，昔日港人眼中的宁静"乡下"，转瞬成为繁华的东方娱乐之都，甚至比西方拉斯维加斯更为纸醉金迷。

一九九九年回归时，澳葡政府留给新政府的财政储备是二十多亿澳门元，而当时政府一年支出都需百亿多元，十五年后的今天，澳门财政储备升至两千四百多亿元，人均产值比香港高出近三倍，世界排名已占据数一数二地位，这翻天覆地的变化，令人刮目相看。

路凼物价高昂，片片迷宫似的地方，进来容易出去难。名店里的商品，大多万元起价，有间店，你买三件物品回送你五百元，等看完全部标价，就不想贪那五百元便宜了。儿子叫我别看了，他说这些商店是在等赌徒，要将他们赢的钱留下。

乘酒店免费车前往码头，后座老太太为输了八百元叹息，她女儿（也可能是儿媳）说："妈，住宿三万六都花了，你那八百元就别烦了，出门就是为了松一松，你唠叨得反倒让人紧张。"

澳门如此花样百出地揽客，也难怪澳门致富如此之快了。

请自重

澳门某酒店的一个电梯间，有十数人排队等候，一个男子剥开橘子喂他的儿子，小孩左扭右拧，要妈妈拉住他才勉强站在队伍中。男子站在队外，说着家乡话协助哄孩子，顺手将橘皮、橘丝、橘核，不断扔到身后长台上，长台上除了一盆假花外，就是他扔的这些"破东西"了。垃圾箱其实就在电梯门外，离他仅两步之遥。

这一对父母为让孩子见见世面，从家乡来一趟澳门不容易，看他们的面相是朴实之人，虽举止不雅，知道他们没有怎样处理垃圾的观念，没往地上扔，已很不错，所以也无人出面指责他们，只希望他们孩子的言行举止将来可以比父母文明。

另一天，我们在前往澳门威尼斯人金光会展观赏冰雕展时，家中小朋友们惊叹展厅地毯的美丽壮观，通道这么宽，机器是不可能一次织出来的，一定有拼接，我们试图寻找接缝，尤其是在那些图案上转来转去。突然，看见不远处一个中年女人往地毯上吐痰，我控制不住怒火，冲过去对她说："怎么可以这样？你太不像话了。"女人吓了一跳，转身跟她男人迅速走了。

孩子们问："奶奶你干什么？"我真不知如何回答。待冷静下来，觉得正确做法应该是递张纸巾给她，请她清理干净污秽物。

同胞中为什么总有人如此不自重？少数人的无知愚昧、自私肮脏，破坏了整个民族的形象，痛心疾首！

逛深圳

最近去了趟深圳。

离开罗湖关检大楼，一路漫步，见到"佳宁娜购物广场"的行人天桥，及玉石珠宝的广告，以前好似没见过，竟突然出现眼前？好奇地上去一探究竟。穿过二楼麦当劳店外狭隘通道，呈现一片店铺，少说也有几十家，全部是卖玉器、玉髓、翡翠、玛瑙、K金饰物等，女人一见这些东西就来精神，左问右看，但价格实在谈不拢，一串彩色玉珠项链六百元、一个K金镶翡翠吊坠，不大，也要两千几，知道是叫价过高，无意帮衬了。

先生一向喜欢吃佳宁娜的粤菜，从广场出来，他给我大致讲了讲"佳宁娜集团"的历史等，他说"佳宁娜"三字的谐音，即潮州话"自己人"，是吗？我半信半疑。

去到市中心的书城，正碰上装修，四层大楼限层开放，人山人海，我们远道而来，忍着混浊空气，仍在里面停留了半个小时。今次为避人流，我在影碟区细细挑选，收获颇丰，许多经典老片售价仅十几元，在香港到哪里去找这样的便宜事？

有时到深圳做一回"港灿"，总发现那边有些新变化。回港后，收到朋友传来一张"上海药皂"的照片，售价一元八角，上面"四季必备，卫生要品"八字言简意赅，朋友建议我下次再去深圳，可买块来试试。最近正有关于液体类清洁品含防腐剂，长用致癌的讨论，回归肥皂，不失为好建议。

护身玉佩

　　某年赴云南旅游，正碰上当地一间寺庙为修缮"集资"，该庙从西藏布达拉宫及五台山佛光寺等大寺庙请来五位高僧诵经，因而引得大批人捐赠香火钱，及留名刻碑。香客可抽签约见高僧，聆听对方讲讲你的过去未来，为你指点迷津。

　　我对佛教有好感，也出于为家中老小祈福，成为那批香客中的一分子。在庙里约停留了半个多小时，兜里几千元掏个清光，至今并不知家人的姓名有否刻于石碑？从佛寺离不开尘世、高僧也是社会人的角度，当日见闻出乎我意料，如果讲述，那是另一题目。

　　今日要讲的是，我当时从该寺玉器铺买了块长方形的玉，这玉上有佛像下有鳌，佛色清淡，鳌则是鹅黄色。我请解签高僧为玉开光，高僧说此玉意为"独占鳌头"，良好意境以后会彰显出来。

　　返港后，这玉戴在了我孩子的脖子上，他读中学大学及至服务社会成家立业，一切尚算顺利。不敢说这玉佩在孩子的人生中确是有些作用，但仅有的一件离奇事，却在内心产生疑问。

　　十年前某日，玉佩挂钩断了，在等配挂钩时，孩子驾车在荃锦公路与巴士相撞，私家车尽毁，幸好人仅略受伤。玉佩戴了多年平安无事，不戴几天就出事？自问：这玉佩可护身吗？理智上回答：当然不是！但心理上又觉孩子戴着它安全些，所以，这么多年来，这玉便一直挂在孩子的脖子上。

谁是人才

新加坡的水陆两用车深受欢迎，陆地建筑海上风景，游客可在短时间内对城市有个大致了解。

我们所乘车上的导游是四十岁左右的健硕男子，他的中英文语音快活流畅，谈及运动健儿正参加格拉斯哥共运会比赛时，他说："我们的许多运动员都是外国人，足球队十一人中有五个是外国来的，门卫就是个英国人；乒乓球队更加都是中国人，所以，在国际比赛中，如果中新两国球员交战，我们就说是中国A队打中国B队。"他又说："你们中谁是人才？可考虑移民到我们国家来生活呀！"乘客们哈哈笑起来。

新加坡前些年广纳人才，由于移民条件宽松，吸收了世界各地的众多企业家和专业人才，例如香港医生移居当地，不用考试立即聘用，薪金虽略低但住房便宜。

新加坡的南洋理工大学和国立大学，国际闻名，本科生就业率达百分之百，但他们的教员队伍过半数是外国人，有学者探讨其中隐忧，认为政府重视教育拨巨款予大学，但终身制的年轻教授中，本地人仅占三分一，一旦经济不好，这些外国教授走了学生怎么办？是否应该想办法促使本地学子攻读博士学位？从而增加本地教授的比例呢？

享受世外桃源

我们乘晚机，第二天清晨抵达澳洲的布里斯班机场，驾驶提前租好的七人房车，沿M1（一号公路）直奔自由行的首个住宿地。

一个多小时的车程中，除了隐在林木中的房舍、路上奔跑的少量汽车，以及草地峡谷中的大批牛羊，几乎没见到人。山路弯弯曲曲，愈行愈僻静，当车转入山间的一个牧场后，孩子们立即来了精神，因为大片草地上，仅是用木栅栏简易地将山羊、绵羊、驼羊、马匹、鸡群等间隔为几个区域。

驼羊最懂人性，见到人就伸过头来，贴在你脸上胸前亲热。我以前从未留意过如此大只的驼羊，初见它们的样子觉得古怪，但相处下来，才知驼羊的性情是胜于世间女性之温柔的。

小朋友们每天外出游玩后回到牧场，便提着小桶去给动物们喂草，早晚都在忙这件事，他们为最喜欢的三只山羊起了英文名字，与它们非常友好。山羊们只要一听见呼唤，就奔跑过来，忙着舐他们掌心的干草。

牧场似是一对五十多岁夫妇经营，我们在那里居住的几天里，仅见过有个小青年来帮工，除此外，偶闻狗吠，不见人烟。

我们租住的农舍屋顶呈三角形，外观质朴，内里宽敞舒适。房间在屋的两头，中间是厅及厨房。农舍白天沐浴在阳光之下，夜晚被黑暗笼罩。当我们早上在鸟鸣中醒来，拉开玻璃趟门走出门廊，满地露水，空气中迷漫青草味和花香，世外桃源般的美景！

澳洲乳牛

那天下午，车子驶进一条山路，见路旁有些废弃的生锈农用器械，但总体环境一如澳洲其他地方：清洁整齐。我们来到这里参观一个奶厂，入场券十一澳元，家庭票有减免。同时参观者除我家七人，还有一对夫妇带两个孩子的新西兰家庭，及一个本地家庭，也是一家四口。接待少女约二十岁，青春气息逼人，脸上皮肤白嫩得如奶油纸，有吹弹即破之感。少女个头不高，臀部较宽，幸好腰仍是细的。她带领我们参观制作奶成品的流水线，然后看有关影片。待挤奶时间一到，她领我们进入了挤奶场。

两队乳牛士兵般排队入场，各就各位后，便低头大嚼饲料。它们屁股对屁股的中间是条低糟，两位小伙站立其中，拉过头顶吸奶管，套到奶牛的四只乳房上，奶水便顺着管道被抽走了。约十来分钟后，完成抽奶，乳牛们又依序撤出，另一批乳牛进场。

据少女介绍，上下午抽奶各一次，每头牛一天最多可产七十公升牛奶。奶牛两岁时开始产奶，可维持产奶期为十五至二十年。

澳洲奶牛是棕啡色的，并非亚洲地区常见的黑白色。该奶场有一百多只乳牛，它们有良好生活环境，草地高低起伏望不到边，低洼处还有个明净湖泊，乳牛散落分布在各处。

我们曾为一只七周大小乳牛喂奶，两公升奶水不一会儿就被它吸光了。

永远吃肉喝奶

在昆士兰州自由行的第二个住宿地，是一间海边别墅。别墅分上下两层，下层为三间睡房、一个全厕、两个半厕，及洗衣干衣间；上层为大厅、厨房。上下层都有偌大阳台，不远处就是洁净沙滩和一望无际的大海。

我们住的屋苑共有二十一座别墅，管理完善。屋苑附近，有许多漂亮别墅群，售价（澳元，下同）二三十万元至五六十万元不等，估计部分是可租住的。

在此之前，我们在山上牧场住时，有了驾车到邻近小镇买食物自己烹调的经验，所以，住到这里后，我们仍是去超市购物回来煮住家饭。当地食品非常新鲜，蔬果更廉宜得难以置信，一元一棵巨型生菜，几天也没吃完，五元两盒士多啤梨，三元一公斤苹果，四元两公升牛奶，肉类的价钱也比香港便宜许多……当然，如果外出用膳就比香港贵多了。

当地出租房舍的厨具非常齐备，我们一回住处，就用焗炉烹制食物，吃时，永远是肉食、奶制品为主，配以蔬果沙拉。在澳洲十多天没吃过一口米饭，我曾担心孩子们能否适应这种饮食？我自己原本吃肉开始节制，而且不太吃生冷食物，没想到，在这里天天吃肉喝冰冷东西，但是，全家老小七口竟无人肠胃不妥，不得不赞叹人家环境清洁食物新鲜。

买肥皂买蜂蜜

昆士兰的许多店铺卖肥皂，以各种花香与牛羊油制造的肥皂，每块售价几元（澳元，下同），在整个旅途中，看来看去，这些肥皂较值得购买，因为它们确是澳洲制造。

为了买个太阳帽，我曾不断寻找，见到的都是中国制造，这些帽子在中国不值几个钱，到了澳洲却卖到二三十元，翻了二三十倍。有家店铺老板笑嘻嘻地说：好东西都是你们中国制造，中国人勤劳，我们澳洲人懒啊！

澳洲盛产羊毛，但一般店铺的羊毛线、毛围巾都是中国制造；以澳洲特有的树熊、袋鼠、猫头鹰、蝙蝠等制作的毛公仔，花不少钱买了，细一看也是中国制造。浴巾、饰品上的澳洲地图上画着"我爱澳洲"的美术字，商品产地仍是中国……家人叫我别在乎这问题了，不光是澳洲，在欧洲乃至整个西方世界，"中国制造"遍地开花，这是好事呀！

澳洲当地特产不多，像鲛鲨烯、羊胎盘素、袋鼠精什么的，我们又不会去买，除了澳宝、肥皂真是当地货，我们发现蜂蜜也是可以买的。

参观蜂厂时，工作人员全副装备进入蜂房，拆开蜂箱，讲解蜂蜜酿制过程，然后，他又带我们去接待室尝试每一种花蜜的味道，接着，又打开通往商店的大门推销产品。

街市商品物美价廉，四十元买三公斤雨林蜜，提了回港，经常做西多士，香甜美味。

石头店老夫妇

　　距离布里斯班皇后街购物中心不远，有一家店叫作"The Rock Shop"，这确实是间石头店，不过卖的不是普通石头，而是以澳宝、水晶、玉石为主的宝石店。

　　对于澳宝的了解，源于二十多年前随康泰旅行团游澳纽，一位团友在悉尼某酒店的珠宝店买了只澳宝戒指，价值三万余港元。记得那块澳宝戒面颜色较深，现在看来应是块黑澳宝。

　　我今次想多些认知澳宝，来到这家石头店后，看了柜内首饰，只懂以价格高低来区别优劣。店主是两位七十多岁老人，他们斯文慈善，虽是金发蓝眼，却清瘦、体型不高，气质有别于当地人。老先生应要求从柜内拿出几件首饰给我们看，也许见我们态度认真，又从身后抽屉内拿出两件澳宝吊坠来。这两件以蓝、白色为主，渗着绿、红色，光彩夺目，一看就知是好东西。两块澳宝是不规则长条形，经十四K金及碎钻镶嵌，造型很美，令人爱不释手。

　　老先生去招呼其他客人时，老夫人接手为我们讲解。原来，澳宝首饰有三种类型，第一种是以原石镶嵌而成，价格昂贵；第二种是在澳宝切片上覆盖透明晶体，下面托其他物质，此类"三层"澳宝首饰价格较便宜；第三种是将澳宝碎片镶嵌入其他物质中制成饰物，这类价格更低。

　　该店开设于一九六三年，如果两位老人是创店者，他们当年二十多岁，经半世纪岁月，对于澳宝知识积沙成塔，堪称专家了。

在昆士兰赶集

　　游澳最后一个住宿点，是布里斯班最高建筑 Meriton 服务公寓，我们住在七十二层，单位格局很像香港住宅：穿过走廊进入大厅，厨房有吧台，三房两厕……总面积应在千五英尺以上。

　　今次外游住宿不同以往，没住酒店，从山区到海边，又到市区，都是家庭式进宿，随心而欲的活动，对澳洲民间生活的见闻较为深入。

　　我们曾于周日起个大早，开车一小时，去一个大市镇赶集。集市只开半天。到那里后，才边逛边买些热狗当早餐。

　　澳洲乡间的市集好像旺角女人街，大都是些花花绿绿的衣饰，以及可买可不买的日用品。不同之处，是有摆地摊弹唱的，有开摊耍蟒蛇的，还有临时吹胀的塑料游乐场，一女子守住小小出入口收钱，孩子们钻进去玩一阵便被叫出来，再进去要再交钱。

　　我们也曾去了多个小镇，看看那里开些什么店，卖些什么商品；参观了牛奶厂，了解从挤奶到制造奶成品的全过程；参观了世界最大姜厂，对这个上市公司的历史和规模叹为观止；参观了澳洲国家动物园，与树熊、袋鼠亲密接触；参观了昆士兰州水库、雨林、战机博物馆……

　　住在市区的三天，我们则以步行方式在布里斯班河的几座桥上来回穿梭，参观南岸文化中心的展馆，探访西区多元化小区，探友人，吃美食。正值冬季，但除了早晚稍凉，阳光一出，极目所见背心短裤者众多，好似香港夏季。

重视家庭

　　澳洲人重视家庭，我在这次澳游中有见识。从关检开始，家庭就被单独处理，拖儿带女的父母被安排至特定队伍后面，是不是过关真可以快些？那是另一回事，至少可以看出人家有这项制度。

　　不论到哪里游玩参观，门票有"家庭票"一栏，上限为五人，像我家，儿子儿媳及他们的三个孩子可以买家庭票。以游览动物园为例，每张票是九十九元（澳元，下同），家庭票三百元，我们两老仍需按个人票买，全家人便节省了近两百元。这种做法，政府机构少赚钱是不得已的，但所有私人机构，全都如此做法，就很让人感动。

　　有个小辈朋友，她在澳洲读书取得澳籍后仍回到香港工作。她说按规定，超过一半子女有了澳籍，即两个子女有一人拥有澳籍，父母便可跟随入籍，她家姐弟三人有两个已入籍，所以，父母也已拥有澳籍，每年父母都会放下生意，过来休息一段时间。她说：澳洲社会重视家庭，不是空口白话。

瀑布般滑梯

在布里斯班旅游时，应友人之邀，到市区一个公园烧烤。澳洲人喜欢烧烤，公众休闲地方，如公园、泳池、风景区等都设有电炉，提供长台长凳、垃圾袋，人们在炉上铺好锡纸，可尽情烧烤。事毕，清理干净就行，非常方便。由于是太阳能发电，不需交任何费用。

澳洲父母很少逼幼儿学习各种"本事"，不过，据友人讲，当地孩子起码需掌握三项技能：游水、打网球、踩单车。友人今年暑假带八岁女儿、六岁儿子一回到澳洲旧居，便请人指导踩单车技术。当日所见，两个孩子踩得非常勇猛。

公园里有一套大型玩乐设施，是我在香港从未见过的。设施中的滑梯为宽阔的整块钢板，制成波浪瀑布形，很高，孩子们脱下鞋袜衣衫扔上去，光脚往上爬，互相拉扯着，上去后，扔下鞋袜衣衫，呼喊着往下滑，一次次重复玩法，烈日下个个汗流浃背。起初我家老二撞疼头和鼻子，哭了两次，但哭过继续玩。

滑梯上面有条狭窄通道，可通往小城堡，要想下来，就需进入一条弯曲管道滑下，我们看着有些担心，因为大人上不去，无法保护孩子，但友人说很安全，澳洲孩子玩惯了。

那秋千也是别具特色，其中一个是片大布盘，一位年轻母亲，抱着与她一样胀卜卜的BB躺在上面晒太阳。布盘照样可晃得很高。

那天我家五岁老二、三岁老三都玩得忘了上厕所，尿湿了裤子。

北海道印象

除夕夜，我家老少三代踏上了北海道之旅。飞机是加开的，凌晨四时在跑道上滑行了一阵又折返登机口，广播说因为部分空调不正常需维修，半小时后又广播说需要添加燃料，折腾了一个多小时才终于起飞。

当飞机在新千岁机场降落时，茫茫雪景尽收眼底，用一个"白"字形容已足够，因为地面一切皆被大雪覆盖，看不出繁华还是苍凉。从机场乘坐火车抵达扎幌，更是鹅毛大雪满世界飘洒，小朋友们等不及先去酒店放下行李，已迫不及待地抓雪踏雪，弄得浑身湿漉漉的。

入住的京王酒店地处市区中心，我们预订的两间房共摆放了五张双人床，孩子们大为兴奋，此后几天，他们回到酒店便在床之间跳跃玩耍。酒店算不上豪华，但温暖舒适。房间有独立梳妆间，厕所被架高，如遇有地震火警可躲进去减轻伤害。

酒店外有"七·十一"便利店，步行几分钟便可走入地下商场，这里的"食街"是我见过最具规模的吃饭场所。日本人爱干净，厕所垃圾桶随处可见，餐厅地面也绝不油腻乎乎，侍应们招呼食客热情礼貌。在北海道五天，所见厕纸餐用纸皆为单层，酒店自助餐中的秋刀鱼切了十几块，一条香蕉也剪为三四段，日本人不仅爱清洁还非常节俭。

华丽形式美

在北海道各处商场见到的点心，都制作得五颜六色、小巧玲珑，品种多得难以想象，花工夫琢磨这么多花样，日本人具有独特审美观。从扎幌前往旭川动物园的火车早晨八时半启动，当地人在车上打开便当进食早餐，见盒内都是寿司类食物，制作精美，摆放也很整齐。

日航飞机餐有一盒食品叫"甜蜜华丽天空肴馔"，透明盒盖下分为六小格，组成一副趣致图画，有一格内是"花型烧卖"，那真是一朵淡黄色小花开在一个包子上，美得奇异！另一格是"八宝蛋卷"与一块烤鸡相伴，还有一格是"樱花鱼糕和牛蒡丝"。每格食物虽然仅是"一口"分量，但甜蜜华丽的形式名副其实。

扎幌中通公园排列着无数雪雕，有的达几层楼高，气魂之大令人震惊。工作人员为一年一度雪祭赶工，在严寒风雪中乘吊车上上落落，热得只穿着短袖衫，他们中不少是雕塑专家，取之不尽的白雪经他们一双巧手的摆弄，就变成一座座形象逼真的艺术品，四方游客为之倾倒。

日本人注重生活细节中的形式美，悦目色彩和美妙形状先是吸引人们的感官，进而感知愉悦，经过欣赏探讨，日本社会内在美一面也得以展现。

均衡保暖

气温跌至十度以下，港人便觉无法承受，"着多些衫"是共识，但怎样穿御寒衣服？总觉北方人比南方人要高明许多。我们在北京生活时，一年有半年穿秋裤加毛裤，上身则是毛衣加大衣。从头到脚全身均衡保暖是必须的，有时见到港人上身穿羽绒皮草，下身穿单裤或丝袜短裙，冻得缩头缩脑。香港孩子的冬季校服也常是顾上不顾下，冷风细雨中，一条运动裤显然不够，穿旗袍校裙者更是冷得打颤。

春节期间在北海道旅行，见当地人的保暖工夫做得很好，一般都是穿厚裤及长大衣，帽子围巾更是必备。所有便利店都售卖御寒、防滑、防水用品，极之方便。

我们出发前也用了很长时间准备寒衣，在columbia买的内衣，一层薄布，但室外保暖功效不俗，其原理是挡风及密不透气。

雪裤、羽绒楼、手套、帽子、围巾、厚袜、防水暖靴、保暖贴、雪镜，以及保温水壶、特制背囊等，都是在香港准备齐全才出发，最暖的雪靴可以抵挡零下四十五度的寒冷。所以，在北海道并没觉得太冷，反而回到香港，撞正冷空气南下，感觉比较难捱，细究原因，是没有继续保持身体的均衡保暖。

小樽学艺

北海道的小樽以古建筑及硝子（玻璃）工艺出名，是热门旅游点。日本人艺术天分很高，他们把玻璃也玩得出神入化，见到世界上最漂亮的玻璃器皿及玻璃饰品，有些价格昂贵，如同宝石般售卖，仍不乏捧场客。

带小朋友来小樽主要是为学艺。先是找了间万花筒工场，让他们了解万花筒的制作原理，其实非常简单，万花筒内的奇景不过是些碎石彩纸塑料，颜色拼凑得好就会美上加美。这家工场规模不小，万花筒有木料、金属、玻璃等不同质地的成品出售，本港并不多见。

随后找到一家玻璃工场学做玉珠，将一支玻璃棍放于火上烧烤，另一支金属棒接住溶化的玻璃不停旋转，形成一圆珠，再将一支香似的东西在珠上缠绕，便有了花纹。制作半小时，冷却及加工一小时，一两百港元就可拥有一条自己制作的颈链。

在另一家玻璃工场学习制作玻璃杯，用了两小时，杯上不仅有花的图案，还有小朋友的英文名，很好的一件旅游纪念品。小樽丰富多彩的工艺品带出日本人内心的细腻与浪漫，也许是冰雪季节漫长，令他们有许多时间细细地琢磨吧！

饰品情缘

　　我相信饰品与人也是讲缘分的，就好像去年刚戴上手的独玉镯，在桌上一拍就断掉了。曾有一位友人花费三万多元，在某金行买了枚钻戒，戴了没几天，在家洗个头就滑进了下水道，也只能哀叹这钻戒与她无缘分吧！

　　我先生一九八六年去日本时，在东京机场购买了一枚花形胸针送给我，几条向上弯曲伸展的金属叶，叶上附有白色玻璃钻，衬托着一粒蛋形黑石。这枚胸针我经常佩戴，三十年过去了，仍是熠熠生辉。这次去北海道一直寻找，希望可找到类似胸针，却屡屡失望，后来走进小樽一家饰品店，一眼便看到两枚同款不同色雪花形胸针，毫不犹豫立即买下，算是不枉此行。

　　儿媳前些年去美国开会，从纽约艺术博物馆为我买到一枚比较大型的胸针，内容是"丘比特之箭"——可爱小天使剑拔弩张，制作很精致，她说这是询问了工作人员才买到，唯此一件。

　　英国 BHS 二十多年前在红磡黄埔花园有间分店，我曾购买的两枚胸针与我非常有缘。一枚是银色叶形上有粒珍珠，一枚是椭圆形金色牌，图案为持花洋少女半身像，后者因为光润，我常用来对付领口开得太大的衣服，别在胸口正中央，起个扣针作用，这胸针不断得到陌生人赞赏。

随议杂感

古埃及王后

在水中沉睡逾千年的埃及古城终于正式发掘，一批珍贵文物出水，明年将在大英博物馆展出。

古城曾是埃及门户，因为海陆地理变化，被埋在了水底，直至一九九六年才被偶然发现，又用了近二十年，水下考古人员才完全揭开古城的神秘面纱。出水文物中，有高逾五米的尼罗河女神巨型石像，由于淤泥的覆盖，石像表面保存良好；还有古埃及的文化符号狮身人面像，以及司阴府（钍）之神奥西里斯塑像等。

最令人惊叹的是托勒密王朝的阿尔西诺伊二世雕像，虽无头部，手掌也残缺，但这位古埃及王后仍美得摄人心魄。阿尔西诺伊二世也被后人誉为伊希斯女神，有研究者认为，她生前对古埃及有重要影响，是一位女性法老和地位很高的女祭司，与丈夫、兄弟共掌埃及政权，她对后世的影响，据说是采取了政教合一的方式来统治国家。

阿尔西诺伊二世死后二百年，闻名至今的埃及艳后克利奥派特拉戴上她的王冠以示敬仰，并象征王后无上的权力。但王冠到底是怎样的？后人只在雕像和浮雕上见到，实物却一直没有找到。

无头的阿尔西诺伊二世雕像细腻精湛，真人比例，体态丰韵，娉婷标致，冰肌玉骨的敏感部位薄纱遮掩，难以置信这是石雕作品！更神奇的是，她的身体与双腿双脚方向相反，连接在一起却又美观自然，不细看难以察觉，真是神化构思，巨匠之作。

　　文明古国的遗物，许多是后人无法复制出真神韵的，古人的智商怎会这样高？他们的智慧是源于信仰？还是心灵？

爱情的危险

巴尔扎克的《风月趣谈》，断断续续读了大半年，不是不吸引，而是没时间，幸好此书故事都不长，情节相对独立，即使隔了些天再拿起书，也是从头开篇。印象最深刻的是美人安蓓丽娅的故事，偶有穿插，头尾呼应，是出人意表的人物描写。

读巴尔扎克的作品是一种享受。《风月趣谈》讲的是男欢女爱的故事，通过讽刺挖苦名人贵族的丑闻，调侃贞洁圣女的假门假氏，达到娱乐读者的效果。

在《普瓦西修女们的趣话》一篇中，仅是通过对话，便把普瓦西修道院描写成一个充满"欢乐"的场所。每晚，当院长赤身裸体钻进被窝后，年轻活泼的修女们便悄悄地聚集到其中一人的房间，喝小酒吃零食，聊天斗嘴、讲怪话做游戏。

一次，于叙尔修女聊到爱情的危险，一位小修女问："除了不凑巧生出孩子之外，遇有其他危险吗？"于叙尔点点头，说爱情从麻风病、坏疽病、热病、焦虑症、劣质药那里继承了许多坏东西，爱情把痛苦装入它那漂亮的壳内，从而弄出一种可怕的病症。幸好，魔鬼送给各修道院一剂根治此病的良方，让害怕此病的女士可以去修道院出家，修女因害怕爱，便会恪守妇道，所以教皇把爱情逐出教会。

在巴尔扎克的风趣描绘中，读者看到了十七、十八世纪法国社会繁荣下的虚假，男欢女爱的奥秘，有真挚情义，更多的是谎言、欺骗、放纵和滥交。

心中的疼

读马鼎盛《我和母亲红线女》一书，清晰地看到他是怎样在艰难困苦中成长的。马鼎盛具多方面才华，性格刚强独立，一些常人不具备特点之形成，与他不一般的人生经历有关。

从童年开始，马鼎盛便只身前往北京寄宿读书，孤寂中渴望亲情期待母爱，却是寤寐思服，辗转反侧，求之不得。某日从同学口中得知母亲将再婚，他拥被坐于床角，彻夜不眠。书中有红线女光辉事业和形象的大量描写，而我更多感受到的是马鼎盛曾经凄风苦雨的内心世界。

女作家王璞有一次回港，我意外得到她的大作《红房子灰房子》，甫开卷便被深深吸引。前后两本书，作者不同，但诧异内在神韵竟有相同之处，尤其是对幼年动荡生活的表述，令我的感慨一脉相承。

他们都是生在香港，长在北京，天南地北，四海为家，最终又回到香港。长住也好，过客也罢，文字难以诠释他们此生与香港的渊源。他们的家庭不幸各有故事，但时代背景是同一个。他们，包括我，与共和国同步蹒跚走到今天。

人生有过什么酸甜苦辣？我与马鼎盛有相通点，曾是那样向往父母的关爱。住过什么颜色的房子？我与王璞有共同点，也住过红房子、灰房子。这里引述王璞金句："心中疼痛往事，可成唯一财富。"我也希望将回忆变为财富，倚仗它去充实未来，挖掘多一点幸福。

枫夫人

二十世纪八十年代，日本影坛教父黑泽明拍的《乱》得奖无数，我竟是近日才看，此时正逢香港乱局，别有一番体会在心头。

某诸侯国霸主一文字秀虎七十岁时，将所建三城分给儿子太郎、次郎、三郎，要他们今后相互扶持保住霸业，自己则打算颐养天年，三郎一句"乱世之中，何来手足"激怒父亲，被剥夺了继承权。谁知事情发展竟正如三郎所言，太郎次郎互斗，秀虎被迫疯，流落至荒野。

影片中的枫夫人，是原城主的女儿，其父被秀虎残暴杀死，母亲上吊自尽，全家只有她幸存，被迫做了太郎的女人。美丽枫夫人利用太郎的愚蠢，处心积虑为家仇国恨雪耻，在她挑唆之下，悲剧一幕幕发生。其夫太郎死后，她明白表示不愿丧夫守节，更不愿落发为尼，更以恐怖手段俘虏了次郎，可以说，秀虎、三郎、次郎的正室都直接或间接死于她手。

可怜与可恨成为人性的两面，弱者可以是强者或某种信念的工具，这工具一时产生威力，却注定是牺牲品，枫夫人便是典型的复仇工具，仇恨令她变得狠毒淫荡失却人性，面对死亡亦已麻木："我只想为父母报仇，只想看此城被烧毁，我要亲睹一文字家族毁灭。"

影片主题几次若隐若现：不要怪罪神佛，神也在哭泣，他看见无恶不作的人类互相残杀，神佛也无法解救，这就是人间，不求幸福而求悲哀，不求宁静而求痛苦……

一代尤物

难得偷闲半日，翻出《魂断巴黎》的影碟，静静地消磨了两小时。少女时代看过此片，内容完全不记得，今次等同看了个新电影。男主角查尔斯长着一副苦瓜脸，总是郁郁寡欢，弃武从文虽写了几本小说，但既无军人的英伟亦无文人的情趣，后来更酗酒成性，令人生厌，偏偏女主角海伦和姐姐玛丽安还都爱上了他。

伊丽莎白·泰莱演海伦，将少女的清纯饰演得逼真可爱，将少妇的心理变化刻画得层次分明。她身材妙曼性感，神情千姿百态，世间美女几人可比得上她？全世界皆知她是"一代尤物"。海伦对丈夫非但未恃富生骄，反而体贴入微百般迁就。倒是这个自以为是的"小男人"查尔斯，酒后乱性，被富婆所俘虏，整日魂不守舍。海伦以报复心理接受赛车手的追求，当两对男女在餐厅相遇时，那富婆阴阴嘴笑着对侍应说："有好戏看了！"然后走过去冷眼看两个男人打斗，以及他人婚姻的撕裂。

查尔斯和海伦毕竟曾真心相爱又育有女儿，当妻子因为自己的错失而丧命后，查尔斯后悔莫及，一直孤身度日，幸好最终有女儿相伴。

这部电影之所以打动人心成为经典，是揭示了爱情的经不起考验和生命的脆弱。恋人从甜蜜相处到同床异梦甚至生离死别，正如万事万物的发展规律，由嫩芽般的起始，经历高潮跌荡，最终回归虚无。

阶层的烙印

一九六四年，英国格拉纳达电视台播出了四十分钟的纪录片《七岁》，选取来自英国不同地区和家庭背景的十四位七岁孩子，拍摄他们的生活和成长。二〇一二年五月，该纪录片第八集《五十六岁》播出，当年那些孩子有的幸福美满，有的苟且过活……电视机前的观众感慨万千。

《七岁》开拍时，导演找的十四个孩子分别来自精英家庭、贫民区、农村山区及工业重镇，有两个更来自"儿童之家"，节目试图不动声色地彰显"阶层"在他们身上烙刻的印记。

就读高级寄宿学校的孩子们读《金融时报》，会用拉丁文唱歌；一位出生于贫困家庭的孩子一想到将来能做个"赛马骑手"就兴奋不已；另一位孩子只想能见到爸爸就好了。

五十年后回头看，依旧是几个来自精英阶层孩子的人生相对光鲜，他们生活优渥、婚姻稳定；两个在慈善机构长大的孩子，一个成了卡车司机，另一个是养老院工作人员；梦想要当赛马骑手的孩子成了一名出租车司机。十四个孩子中，有两三个依靠自己的努力奋斗，跻身中产阶层，而那些原本身处社会中层的孩子的命运，反映出不确定性。

八集影片同一句开篇语："让我带一个孩子到七岁，以后随你怎样带，随他怎样长，他会成为什么样的人已是注定"与中国古语"三岁看七岁，七岁定终生"同一个意思。

中国风

中国风这个词由来已久，字面理解，即中国风格的意思。

霍尊、李玉刚演唱的《卷珠帘》《国色天香》《新贵妃醉酒》《伊人如梦》《涛声依旧》等戏曲和歌曲，古典诗意加现代音乐，时光交错悦耳动听，予人美的享受，类似这种中国味道浓烈，又具艺术新形式的，都属中国风产品。

最近，多次欣赏青年摄影艺术家孙郡的作品，被深深吸引。孙郡七岁开始学国画，初看他的作品，并不认为是摄影，只以为是画作，但事实是，这些雅得不能再雅的美女和景物，确是他拍摄而来，又经他改良过的中国风摄影作品。

孙郡为女明星制作的古风写真，以淡淡的底色衬托她们的娴静高贵、清丽温润，每一张都美得不可思议。《芈月传》女主角孙俪一张全身相，半侧面，简单长裙，右手抓一枝花，背景空白，已将女性美妙体态表现得摄人心魄。"惊艳"二字，是每位观赏者对孙郡作品的同一赞许。

估计孙郡是将精心布局拍到的黑白照，推淡底色，再以他工笔画的基本功，一层层去手工上色，一张相需要二十天去做这项工作。摄影瞬间可得，上色打磨却需要时日，孙郡说他找到了一个巧妙点，摄影与工笔画之间的这条通道很狭窄，目前他人难以通过。

孙郡携中国元素闯商业摄影，将传统国画和摄影艺术相融合，创造出既不脱离传统画精髓，又有新内容的作品，成就了具国画特色的中国风摄影，个人亦名利双收。

灿烂笑容

老子认为"柔弱胜刚强"无处不在，他说："天下之至柔，驰骋天下之至坚。"意思是说天下最柔弱的东西，能驾驶天下最坚强的东西。老子是从宣扬"道"的角度出发，认为"道"这无形力量，可以穿透没有缝隙的东西。

什么是"柔"？可理解为植物初生的软嫩，人与事物的不坚硬。作为动词使用时，是安抚或平息的意思。自然界万物中，水是最柔的，水流顺势而行，遇到障碍会自动转弯。女人好比水，身体柔软性情温顺，有女人是水做的一说。生活中，往往是女人越柔家庭越旺，成功的男人背后常有个温柔的女人。

两年前在海牙举行的全球核安全峰会，各国政要在与荷兰国王威廉握手时，目光却大都看着王后马克西玛，惊艳场面有趣。马克西玛年届四十，已育有三个女儿，却依然身材匀称高挑，相貌高贵雅致，尤其是她的灿烂笑容如三春暖日，花香四溢，老子所说的柔克刚这一刻得到印证。

卓越男人不敌女人的柔美，例子比比皆是。威廉当初爱上马克西玛，就是看中了她的温柔爱笑以及开朗聪明的性格，事实证明，长相并非风流倜傥面如冠玉的威廉，因着马克西玛美丽光彩的辉映，也常笑得很欢快呢！

人伦和谐 温馨四溢

中国人重视天伦之乐，自古如此。华人家庭的子女，大多孝顺父母，尊敬长辈，爱护幼小，所以，华人家庭相对稳定，人伦关系相对和谐。

家庭中的美好道德传统，反映出一个民族的历史和文化。若要追根溯源，我们不得不感谢孔丘老夫子，他所创立的一套思想框架及礼教规范，是我们中华民族的优秀遗产。单就儒家的人文主义而言，便充满现代人所说的博爱精神。

儒家人文主义最美的地方，在于它既热情又豁达，凡是人们关心的事物，它没有不关心的；凡是人类正常的感觉和情欲，它也不会摒弃。

儒家寻求人伦的和谐，当其形诸诗歌，同情心与爱心温馨四溢，使人感到莫大的愉悦。孔子最喜欢朗诵诗经，诗经中有一首叙述夫妇久别重逢的爱情诗，名为《风雨》，描述风雨之中夫妻重逢，妻子表现出极为欣喜的心情。这首诗不仅表达了真挚的爱情，而且也道出了崇高的人生哲学，即恋爱中的情人，尽管身处逆境，内心仍是欢乐的。正如中国谚语所说："夫妻恩爱，讨饭应该。"如此夫妻关系，反映出一种美的情操，情便是情，不能以物质或其他什么来报答或衡量，只能以爱换爱。物质上的馈赠，仅是一种象征。

孔子弟子三千，他视学生为儿女，同食同住，宛如一个大家庭。当他最喜爱的学生颜回先他而逝时，他像死去亲儿般悲痛，由此可见孔子的博大爱心。

孔子认为人性天生是善的，孟子后来加以发挥，认为人之可贵在于内不在于外。人生是天所赋予的，人体内就有仁、义、礼、智的根苗，我们只要把这根苗好好地培植，使它发展到顶点，我们的人格也就完善了。

儒家思想中不乏精华所在，而最高境界乃是对人一视同仁，即具有"以天下为一家，中国为一人"的胸襟，自然而然达到"己立立人，己达达人"的理想，儒家认为这才是人生的至乐，因为到了此时，人我已无藩篱之隔，胸怀坦荡，达到了"人乐亦乐，人泣亦泣"的境界。

儒家思想教人智慧，教人从善，教人博爱……可惜的是，现代一些年轻人鲜见回头望一望的。

皇家风韵

中国历史上的西施、王昭君、杨玉环和貂蝉，是有名的绝代佳人，她们的闭月羞花之容、倾国倾城之貌，为历代文人墨客所赞颂。但"美女有所庇，嫫母有所丽"，再美的女人也有不足之处。据说美人们也曾暗自寻找缺陷，看看是否有"白璧微瑕"。

西施发现自己耳轮偏小，冥思苦想悟出一招，让工匠打了对金环，借金的重量令耳朵下坠；王昭君则觉双脚肥大，破坏身材整体美感，于是请裁缝制作下襟拖地的大摆裙，穿起后款款而行，从此肥脚藏而不露。

貂蝉善舞，但舞后汗味熏人，聪明的貂蝉便自采花蜜，调制香水，于是美人香汗，郎君心欢；杨玉环走路时衣带会发出声响，可能与她块头较大有关，她便设计制作一批响铃、佩饰挂于衣裙，叮当作响，别具一格。

耳环、大摆裙、香水、铃佩经不断演化，成为永久饰品，美人们的创新成果永留人间。

两年前看西班牙新国王登基仪式,新王后美艳动人举世瞩目。她记者出身，有过一次婚姻，二婚嫁入王室，幸福洋溢。典礼上，她以素色高跟鞋配白色连身礼服登场，除了耳钻全身无饰物，唯独在无领装颈部位置缀满珠宝，当她扬头接受新国王亲吻时，彩石闪烁，细长脖子纹理美妙，弥补了她身高的缺陷，真是动人一刻。古今美人皆懂扬长避短，新王后独树一帜的装扮，尽显皇家风韵。

有钱心不慌

英女王无论出席任何场合，手袋从不离身，甚至连穿睡袍下楼吃早餐，都会带着手袋。她为何这样做？众说纷纭，据一位心理学家说，女王手袋不离身，显示她虽然身份高贵，万民崇拜及非常富有，但心底里仍是缺乏安全感。他认为这就跟小孩子到哪里都带着啤啤熊的道理一样，没有手袋随身，女王便会感到失去凭借，十分不安。

生活中每个人都存在一个安全感问题，至于不安全感来自何处？也许是工作、感情、健康或人际关系等不如意问题，按照平民百姓的观点，最大的不安全感应是来自于金钱的缺乏。

看到别人事业有成、住豪宅大院、开名贵房车，自己携妻牵儿居斗室挤公交车；放眼看去满街酒楼餐厅金店商场，自己囊中羞涩心虚胆怯不敢入内；收入不高，工作不稳定，晚年无积蓄……种种因素产生忐忑心情，又怎会觉得活在这个世上是踏实的、安全的？

物质引诱无缘享受，衣食住行朝不保夕，生老病死前途茫茫，类似社会问题目前不仅存在于中老年人群，无数青年人更是因高不成低不就而心生不忿，心有不安，因而脾气变得暴躁，做出些不可理喻之事，经济未独立先生个BB出来，人格未成熟却处处去闹抗争。

女王生活有保障，要说她的不安全感，大约出于担心皇族尊严是否受损，儿孙会否惹是生非，相较贫困者的忧心忡忡无所凭借，不值一提。

不同笑容

英国王子妃凯特每次出镜，都吸引世人眼球，这女子集尊贵、财富、国民爱戴于一身，是天下最幸福女子。从嫁入王室第一天起，她始终笑容灿烂，哪怕笑得脸上出现皱纹，她仍是要笑，散发她内心的快乐。

凯特美吗？天下比她美的女人多的是，却唯独她得到爱神眷顾，将一个不花心的王子赐她做丈夫，将一个最古老的王室赐她做婆家。从十九岁的一见钟情，到二十八岁进入婚姻殿堂，九年相恋，恩爱不减，谈何容易？少一点坚持不行，多一点算计也不行，心机要不多不少，情意要浓淡相宜，世间有多少女子做得到？

美若天仙、智慧超群的女子可以嫁得好，尽享荣华富贵，却仍是低了凯特一个档次。凯特夫家祖母喜爱她的性格多于容貌，首先是接受这个品行端庄的平民女子，接下来就要看她自己的本事。凯特命水太好，接连生下第三、第四位王位继承人，全家合照，祖母甚至让出中间位置给她和她的儿女坐，哪怕这个祖母是至高无上的女王。

看到凯特今天的美满人生，总令人联想到她家婆黛安娜的往事。黛安娜灿烂地笑过吗？有的，只是太短暂，她的笑容以羞怯为基调，贵族女子不可咧嘴大笑，最要紧含蓄优雅。黛安娜为王室"贡献"了两位体面的王位继承人，但她的性格不为家婆所喜，也没办法笼住丈夫的心，哄他斩断旧情。

英王室婆媳两代，不同情商不同笑容。

瞬间与永恒

　　瞬间与永恒是相对而言的一对矛盾，没有瞬间便不知永恒的定义，而没有永恒也难知瞬间的珍贵。

　　甘肃敦煌的大片沙漠中，每年有一次神奇的景观，那是由一场奇特的雨造成的。这场雨尽管只能滋润有限的沙层，但它却带给死寂沙漠一次辉煌的盛景。就在那场小雨后的刹那间，几乎没有生命的沙漠，顷刻开满五彩缤纷的花朵，这些花微小得分辨不出棵株，人们只是看见一片五颜六色的彩绘。这种奇迹呈现几分钟后立即消失，见过的人对此神来之笔都赞叹不已，怀疑是在梦幻之中。

　　这些轻若羽翎、细如尘埃的沙性植物，其生命在沙漠中已蛰伏了整整一年，焦渴地等待每年一次的天降甘露，她们自知这是唯一一次延续生命的机会，迅即在雨后的瞬间完成了萌芽、开花、结果的全部过程，又留下生命的种子以及焦渴的再次等待。

　　沙性小花如此柔弱，生命的自主权掌握在一场雨水里，但她短暂的辉煌留给人们的是永远抹不去的记忆。

　　永恒较之瞬间，又是生命的另一番美态。许多年前，一位根雕艺术家曾以五元人民币买回一个树根，通过他的精雕细刻，以八千元的价格被客买走。后来，他又花了两千多元，从山区购回一批根雕，经加工成艺术品后，被一位美籍华人以三十万元的高价全部买了去，这位艺术家自此名利双收。

　　根雕，在这位艺术家眼中不是一件死物，而是有着永恒生命，可以活灵灵再现姿彩。

　　肥田沃土是柱梁的摇篮，但却长不出根雕树。根雕树一般长在土地贫瘠的地方，或者岩头石罅之间，经历狂风暴雨的肆虐煎熬，不知道过去了多少个春秋，无人理会它们的生生死死。这种树，往往是伤痕累累，根茎扭曲，看似无用之才，只能付之薪火。谁又能料到，在艺术家看来，它们是可造之才，只要稍加雕琢，便可焕发出生命的内在力量，甚至成为价值极高的艺术精品！

　　根雕树的生命不是人类赋予的，如同沙漠中的小花一样，它们都是在自然界中自生自灭。但是，不管它们的生命长久也好，短暂也好，却有它们存在的理由。万物的价值，只有用价值的眼光去观赏，才能真正显现出来。

不失傲骨

人，总是处在一种状态之中，或兴奋莫名，或烦躁不安，或心如止水……大多数人，可以说是生活在一种有安全感、有自信心、有所依赖的状态中。

状态决定生命态度。工作上潜心尽力，带来游刃有余的快乐，能做时拼命做，不单是为了赚取生活开销及养老钱，更重要的是出于爱好，不想白白耗费时间。周围有些人可能不理解，想你是个傻瓜吧？只知埋头苦干，为人没乐趣，错过了生活享受。哎！感受是自己的，想怎样做就去做，勿去理会他人眼光。

经历过激情动荡，必会归于淡泊，在此状态中感受家庭的温暖、亲人的爱护、朋友的关心，还有外部世界新鲜奇趣的所有事物，仿佛，你生命的根须，如细水渗透般，静静地蔓延至环境的每个角落，吸取养分，回馈你的心灵，我们看老年智者的文章，就是这个感慨：他们看破红尘，言语出自沃土，因而引人共鸣。

烦恼谁没有，说自己天天快活似神仙？那是骗人假话。各种烦恼，就像经历大自然中的一场场风雨，有些花朵被糟蹋得污浊不堪、奄奄一息，终忍不住人间折磨，归去花的天国；有的则依然昂立枝头，等待阳光照耀，持续绽放，然后结籽结果，完成终极使命。勇敢的人应该做这些坚强的花儿，庆幸生于世的好运，为活力仍存而骄傲。

烦恼最怕高傲的力量，人毫无藐视便不能前行，有几分傲骨是最好的状态。

人生位置

纽约州一名百岁老妇不愿停止工作，每周仍在她经营的洗衣店里工作六天，每日工作十一小时。她认为退休的理由只有一个，即是有病痛不得不退时才应该退。目前她头脑仍很灵活，自己开车，打理洗衣店，每天阅报，与人谈论新闻。

人就像一部机器，不工作不思考较易生锈报废。对工作兴趣不减，证明这是一个健康人，起码心理上是正常的，无论他或她是一名清洁工、务农者、专业人士、科学家，都可以工作到最后一刻。

我曾工作了几十年，无论做什么，在怎样的环境，都有这种健康的感觉，感受到许多快乐，以为这份工会永远做下去。当事出突然，真的要离开职场时，刚是五十几岁人，当时手边工作很多，上司说再帮公司一段时间才走吧，自己也觉意犹未尽，完全可以做多几年。但是，孙儿即将出世，家庭责任无法推脱。

回家这八年算不算是退休生活？说实话，不是的，比上班时还忙，忙到什么程度？讲故事讲到要虚脱了，孙儿们仍不准停；生病体力不支时，还要挣扎着操持家务……自问劳累之外有何所得？满足感与在职场时相似，还过得去吧！

女作家杨绛一百岁时写下一篇感言，说人寿几何，顽铁能炼成的精金，能有多少？她认为保持知足常乐的心态才是淬炼心智、净化心灵的最佳途径。

我的人生位置也非常明确，协助子孙成才、煮饭种花打稿，直至干不动那一天。

男女平分秋色

　　小时候，我与弟弟一起回家乡过春节，总共不过十来天时间，祖母、外祖母、奶妈，为弟弟争个不停，在你家住长了，在她家住短了，把弟弟拉来扯去。连烧香拜佛，祭奠祖宗，也要弟弟先下跪，我样样事只可随其后。

　　一个家庭中如果没生下男性后辈，有人便说"我家后来无人啦！"等等，听到类似话语，女孩子会想："我不姓这家的姓吗？我不是这家的人吗？就说以后嫁人去了，但我一日不死，就永远是这家的后人呀！"

　　由于我的潜意识里存在不服气，所以经常留意，男人到底比女人强在哪里？真实情况是，总体看生理、心理情况，男女确有分别，但具体到性格、处事方法、为人心胸、智商高低等，却是因人而异，并不能以性别来一刀切。

　　成功的男人见过很多，精明能干的女人也见的不少。有一个女人，中学文化程度，嫁了个学艺术的。丈夫先来香港，混了许多年仍是穷兮兮的，当她带着两个儿子来港团聚时，发现丈夫租住一间门都关不上的小房间，而且月收入还不足一千元，她生气之下大骂一通"废物、饭桶、空有本事窝囊废"之类话语，然后便安顿好孩子，自己出去挣钱。

　　她白天做电子厂，晚上去超市兼职，又不断在丈夫耳边吹风："别总想着给别人打工，这样一辈子不会有出头天。为什么不能自己出来做老板？"丈夫慢慢开窍了，留意拉住一个个客户，积累到一定数量，便租了间唐楼，开公司自立门户。丈夫带着大儿子一天工作十几个钟头，制作玩具公仔，那些漂亮东西在日本打开了销路，订单接个不停，忙得做不过来时，她干脆也辞工去帮手。然后，当然是财源滚滚，买高尚区的住宅，全家与贫困说"拜拜"。

对于类似女人的敢作敢为，我佩服得五体投地。她们不光是自己肯干，还可影响身边男人，起到安抚、激励、协助的作用。所以，永远不要说女人是弱者，她们的潜力若能充分发挥，不被压抑，所获得的成就，应远不至此呢！

这个世界，女性绝对可以与男性平分秋色。

漂亮做人

相隔三十多年，重读徐悲鸿前妻蒋碧微的回忆录，因书中有我稔熟的江南地名，又觉字里行间洋溢家乡气息，因而亲切感浓郁。蒋徐从相爱私奔，至感情破裂离异收场，过程曲折复杂，令人叹息。

蒋碧微才貌出众，见多识广，是女人间、妻子中、情人堆的精品，她经历过太多感情撞击后，晚年写此自传时性情已趋平缓，叙述夹杂见解，更显其聪慧。上册书中，她痛恨第三者介入，毁了她的家庭，下册却又描写自己如何做第三者，客观上破坏别人家庭。

夫妻不睦期间，蒋碧微有一次乘火车从巴黎前往米兰，途中，邂逅一位英俊外国人，两人话语投机，分别时，心中有异样感觉。她暗叹人类感情的奇妙：为何萍水相逢的人，可以不问过去，也不做再见打算，然而彼此却可留下隽永深刻的印象？而长久生活在一起却会形同路人？

徐悲鸿有次痛哭着说："我要我的家！"意思是他要回家，蒋碧微回应："做人，最好还是漂亮一点！"如果换了个妻子，见到丈夫仍眷恋家庭，为了孩子，一般是会接纳迷途知返的丈夫，但高傲的蒋碧微做不到，我想她说此话时，其实心中早已有了做人"漂亮"者。

蒋徐夫妇终究不复鹣鲽之情，不过，情逝义还在，离异时，徐悲鸿仍是应她要求，日夜作画一百幅送予她，这些画作保证了她即便不是徐夫人，余生也可富足有尊严。

人性之复杂

　　从前，数次听师长们议论同行金岳霖，不关学术，全是他与林徽因的往事。有位教授与妻子关系疏离，听他唠叨已多年无夫妻之实，妻子夜晚让女儿睡床外一侧，特意避他。唉！他说这种痛苦更甚于金岳霖看着林徽因与他人结为夫妇，而林徽因病重时，允许金岳霖在床前端茶送水，读诗陪伴，这种相处，又何尝不是慰藉……

　　林徽因情窦初开爱上诗人徐志摩，她写给徐的告别信说："恳求您理解我对幼仪悲苦的理解，她待您委实是好的，您说过这不是真正的爱情，但获得了这种真切的情分，志摩，您已经大大有福了。""在您的面孔旁边，她张着一双哀怨、绝望、祈求和嫉意的眼睛定定地望着我。我颤抖了。那目光直透我心灵的底蕴，那里藏着我的知晓的秘密，她全看见了。"幼仪是徐当时的妻子，林徽因可以克服情欲，不拆散他人夫妻，说明她的人格是高尚的，而十六岁少女能写出此等信函，确是才华不凡。

　　林徽因爱徐志摩是真真切切的，她爱金岳霖有多深？无从知晓，当金岳霖为她终身不娶，长年居于她家庭的外围，她又有无愧疚？人性之复杂本就是团乱麻，不猜也罢。不过，以往文人才子情感表达之迂回曲折，确具想象空间，有艺术美感。

　　前不久，我曾在广东新会参观梁启超故居，展厅楼上楼下，关于林徽因的书籍最引人瞩目，给人印象，她的一切属于梁氏家族。

激发正能量

自手机上开通微信后，图片、录像、笑话等源源不断地涌入我的生活，送来最多讯息的是北京家人及朋友，内地人的生活或许没有香港这么紧张，有时间和心情收集信息相互慰藉调侃。世界奇景奇事、人体艺术表演、达人秀、好声音、出彩中国人……都带来正能量好心情。

很久没与友人饭叙，当三个女人嘴里嚼着意大利焗蚝，呷着柑橘热饮，话题滔滔不绝时，身体内正能量膨胀，感觉特别好；曾经的上司、同事，久别重逢，相互观察着你胖了他老了，这个升职了那个得奖了，甚至交换一下各家小朋友考上哪家学校，各自所住区域楼价升跌，以及世界正发生的时事新闻，感叹着：以后少坐飞机、少去人多地方，多留意身边有无恐怖分子暴徒歹人，多爱亲戚朋友多多保重身体，别跟自己过不去。

"正能量"这词正时尚，追求积极乐观的生活方式，绝对是件好事。人体有个能量场，激发内在激情，才能表现出新的自我，自信且充满活力。人群中，如果具正能量者寡，情绪易低落者众，此环境欢乐有限。反之，多数人都懂得调整心态，相互鼓励，就可将少数人的负能量"转正"，使生活更为和谐圆满。

水晶、玛瑙等宝石据说可以带来正能量，有助于排除心中负能量，消除忧郁情绪，抚平心理创伤，因此，我打算寻找一块紫水晶来佩戴。

处世先处家

作家林燕妮曾有篇文章，标题是"与儿子住难不难"，阅后颇有收益。林燕妮独居多年，虽是自由自在，却难不免时有茫茫然的孤独感。本与外婆同住的儿子，因外婆走了，也成为独居者，林燕妮此时决定搬回娘家，与儿子过乐融融的"同居"生活。

同住难不难？林燕妮智能极高，她把同居后的许多细节预先琢磨一番：吃饭简单就好，最重要吃得开心；早晨见面打个招呼，千万不能黑面，一天精神可保爽利；心平气和，不发脾气，不掟东西，"分享"对方的快乐忧愁；礼待对方带回家的朋友……林燕妮有段话说得很理性："同住同居是生活考验，人，总得跟其他人沟通，要处世，先要处家，跟家人沟通好，人生路也走得愉快。"

我的家庭三代同堂，儿子是我十月怀胎生下来，他对父母的孝心我最清楚；儿媳温柔可爱，我们女儿般宠爱她；至于三个孙儿女，除了偶尔调皮捣蛋"教训"一下，基本上乖巧听话。三代人相处融洽，即便如此，代沟还是有的，仍需多多沟通防患于未然。

家门之内的爱情、亲情、主仆情，无一不需花心思经营。等到问题发生，可以解决，毕竟会留下伤痕，正如俗话所说："忍得一时之气，免得百日之忧。"林燕妮这篇伦理之文指点家人相处之道——同居者一切从"心"出发，立例说规便全无必要。

人望高处

　　曾有位女士与我讨论一个问题：她的孩子同时被两所学校录取，一所离家较近，但比较普通，另一所离家较远，而且学费昂贵，不过，是所全港闻名的学校。她说家人有两种意见，一种认为读名校经济负担过重，读普通学校只要本人肯学，一样可以很出色。另一种意见则是宁愿自己挨苦，也要供孩子去读名校。理由是，长远看，不能让孩子失去一个向上流动的机会。

　　这个问题若摊到自身，需要做抉择，我想我也会尽可能让孩子去读各方面较理想的学校。努力拼搏，向往更上一层楼，可以过富足生活，是社会人的普遍心理，亦属正常行为。

　　红磡以前有位菜贩，长相普通，说话声音很大，圆肚前的围裙兜里塞了不少钱，她天天在街市做生意，街坊们都熟悉她的面孔。有一天，我们去黄埔花园九期的老友家，不想撞见她与老公、儿子正忙着装修刚买下的新居。这是个三房向海单位，当年价值颇高。

　　相比那些高薪"月光族"，或者几代依赖政府援助的，这家人靠辛苦卖菜可以积攒到几百万，住进高尚住宅，令人产生敬意。她家从这一代开始，不仅仅是居住条件有所改变，这只是表面水平位的提高，而内在的水平位，包括对事物的认知、气质涵养、精神个性等方面，可能都会相应提高。

　　人望高处，有志气不甘落后不甘贫穷，是天性也是本能，并非要无止境地追求金钱地位，知道自己是在进步中，足够矣。

幸福母亲

打开她最近的相片库，惊喜地看到她那五岁小女儿的两段弹琴录像，只见两只小手上下左右有力地敲打着琴键，悠扬乐曲透着稚气，虽然只是看到背部，也知女孩子的表情非常认真。

她是家中独女，二十多岁时父母相继离世。港大毕业后，她前往悉尼深造，后来便留在那里结婚生子。目前，她拥有一个稳定家庭、一对活泼儿女，相片中她与孩子们玩乐时的笑容，看得出已告别曾经的困惑。

女孩子撒娇的年纪，她已知道要刻苦读书勤力做人。书香门第的家庭没有给她多少金钱物质，但教晓她学习、思考、进取的自觉和主动。中学时，在近二百名同学中，她的成绩曾名列冠首；当她考获钢琴十级，便一直做家教，教琴收入不仅供自己读大学，也帮助母亲供楼。

从天真女孩成为一位辛苦母亲，就像爬山，初时四肢矫健、身轻如燕，微风徐徐拂面，感觉着青春的悸动美好和力量。周围树木参天花草处处，身心与自然界浑然一体，一切是多么美好！直至爬过无数沟壑山峦，腿脚疲惫不堪，身体愈显沉重，快乐忧伤交替上演，才逐渐尝到生活真滋味。

杜甫有诗云："会当凌绝顶，一览众山小。"意思是只有登上泰山顶峰俯瞰时，那脚下的众山就显得如此渺小。她的名字正是这诗句中的两粒字——凌山。祝愿凌山不断克服困难，永远是位幸福母亲。

迷魂珠宝

香港佳士得上年六月在香港举行"孔祥熙家族珍藏珠宝及翡翠首饰"专场拍卖，据称，被拍卖的三四十件珠宝中，有二十多件是顶级老坑、老种翡翠以及天然珍珠、品牌珠宝等。从图片所见，翡翠深绿高档，不知届时将翡落谁家？

孔子的七十五代孙孔祥熙，百多年前娶宋霭龄为妻，显赫世家的风华传播至今。该次拍卖是孔祥熙家族历来最大规模的珍品拍卖，其中有些珠宝是宋家三姐妹——宋霭龄、宋庆龄、宋美龄曾佩戴过的。孔祥熙掌控民国政府财政近二十年，囤积巨额财富，富可敌国，将拍卖的翡翠、珠宝、珍品、名画，仅是其家族财富中极小部分。

人世间，贪图荣华富贵者比比皆是，不过，有些人谋财有道，富贵光明磊落，有些人则手段卑劣，为求奢侈华丽，败坏淳朴风尚，因而丢了前程性命的，也为数不少，所以，哲人说教：钱财是无底的海，天良、廉耻都会沉溺其中。

唐太宗李世民晚年最欣赏的嫔妃徐惠，曾上疏谏曰："夫珍玩技巧，为丧国之斧斤；珠玉锦绣，实迷心之鸩毒。"意思是说：那些珍奇的玩物技艺，是亡国的斧子；珠宝锦绣，实在是迷乱心智的毒药。

唐太宗觉得她的长篇谏文写得非常好，因此更为宠爱她，并给了她多多的赏赐。这些赏赐会是什么？还不是徐惠劝谏唐太宗不要迷恋的"玩物技艺、珠宝锦绣"？实在讽刺！

新发明

　　细心留意，便知日常用品和交通工具等不断在创新，生活中处处有惊喜。

　　比如这多重酵素洗衣纸巾，靠蛋白酵素、淀粉酵素、脂肪酵素、纤维酵素洗衣，洗衣机里放一张，可洗十一公斤衣物，手洗时，剪一小块就行了，既不用洗衣粉，也不需柔顺剂，环保得来又舒适清香。

　　还有这静电空气滤网，剪裁出合适尺寸，贴在冷气机及抽湿机原有隔尘网上，便可过滤肉眼看不见的微细粒子，净化功效提升四十倍。

　　再有这 Tesla 电动房车，也是近年一件新事物。

　　港府延长豁免各种电动车首次登记税至明年三月月底，许多人赶时限购车，现在预购，都要半年后才能拿到新车。买 Tesla 的好处不光是免交首次登记税，还可节省每年牌照费，公共充电站提供免费充电，住洋房的，门前可免费安装充电装置，也不需花多少电费，长远看大悭一笔汽油费，并减轻汽车对空气的污染。

　　科技创新是世界进步的必然趋向，是人类特有本领，现在连太阳能飞机也发明出来了，我们将会看到更多更奇妙的新鲜事物。

百态人生

打工女皇

街边有位阿伯写挥春，地上已放了些红纸黑字的成品，某女子走过来，看了一遍无合意的，对阿伯说："我想写副公司新开张的，写什么好？"阿伯说："生意兴隆通三江，财源广进达四海，怎样？"小女子很高兴，"不错啊！就这样写吧！横批呢？""大展宏图，行不行？"小女子更兴奋了，拿出张百元钞，"免找，一阵过来拿。"

我先生写毛笔字也有些基本功，不禁自语："一会儿工夫七十元，这钱不难赚啊！"我倒是在想，看这女子年轻娇弱，要做老板，什么生意啊？

做老板啥滋味？相信许多打工仔都希望尝试，但老板要担很大风险，须有坚韧神经二十四小时承受压力，对于普通人来说，反而打份好工领份高薪比较舒心。

我曾在黄埔花园住了十几年，区内有六七十家地产公司，因为常与他们打交道，结识不少经纪，那些年间，见一些有本事的女经纪赚到不少佣金，陆续买了黄埔的单位。做经纪的好处是可以碰到"跳楼货"，即有人急需钱，连夜找经纪，贱售物业收取定金，经纪便可以趁便买下来，或自用或转手获利。

无论做老板还是打工，本港女性成功者都不少，像某位金牌代理，近年帮领汇出售商场，成交额几十亿元，去年她以一千八百万元买豪宅奖励自己。而另一位上市公司的女高层，年薪达四千八百多万元，堪称"打工女皇"。

求人不求人

　　旺旺雪饼是小朋友们喜爱的零食，以前很容易买到，但最近连跑三家超市竟缺货。前天，去到位于又一村的超市，在饼干架前细细找，找不到，又去薯片架找，只见到一种带紫菜的旺旺饼，正犹豫买不买，一位店员从我面前经过，我立即开口："请问有旺旺饼卖吗？"她愣神片刻，伸脚踢开货箱，手一指，我立即见到货架最底层有许多旺旺大雪饼，原来是被遮住了。

　　有需要时求不求人，效果很不同。曾见过有人明明不认路，还嘴硬说方向是对的，宁走冤枉路也不愿问人；明明是不懂的事要装懂，结果搞糟了又不肯开口求谅解。

　　以我自己的人生经历来看，勇于求人好处太多，今天讲一个很典型的事例：一九八五年初，为配合丈夫年中将从美国学成归国，我决定离开我所在大学也调往天津母校，结束多年分居状况。当时我们学校的领导已拒绝对方的商调，而且听说是校长极力反对，下面工作人员表示爱莫能助。

　　某天，有人告诉我，校长将有一段时间不能回校，他正在太原市阎西山公馆旧址开会，我不知那是什么地方，但为了达成心愿，不得不硬着头皮去找寻，做一次当面恳求。最终在一条山路顶端找到会址，并求人请出校长。校长低头耐心听完我的倾诉，不记得他当时说过什么，只记得他从衣袋中掏纸笔的动作，他写下同意放行的字条，成全了我。

玉足旋转

　　夏日里，年轻女子穿着各式凉鞋，白皙足部裸露，走路袅袅婷婷，似分花拂柳，轻巧婀娜。

　　说到女人双足的美丽，并不是从老辈的三寸金莲那里感受得来，而是源自一位新疆少女。她曾与我同校读书，同系不同级。每逢系里开联欢会，必有她的独舞表演。她的长发扎了无数根辫子，头戴民族小花帽，足蹬皮靴。当手鼓等乐器响起，她便转动眼珠、摇头晃颈，活泼优美地舞动起来。她的步伐轻快灵巧，足跟踏地，发出有节奏的声响，舞得愈快，脚也转得愈急，真看得人眼花缭乱，赏心悦目。

　　据说，中国人看女性从头开始，审美重心是脸面，但西方人看女性是从脚开始，审美重心是体态，认为脚是身体的支撑点，支点好了通体才灵活。无论怎样，像那新疆少女有双纤秀的脚，对东西方每个女人来说都是件好事。

　　灰姑娘与水晶鞋的童话，是赞美女性足部的经典。为了赶在午夜十二时魔法失效前跑出皇宫，灰姑娘的一只水晶鞋掉在了皇宫台阶上。王子命令侍卫官到处寻找灰姑娘，说："谁的脚能穿进水晶鞋，谁就是他的王妃。"

　　侍卫官们走遍全国，无奈那水晶鞋虽然精巧，却是又硬又小，姑娘们恨不得削足适履，竟无一人得偿心愿，唯有灰姑娘，她的脚一靠近就轻易滑进鞋去，顺利做了王妃。灰姑娘从此日日陪伴王子，玉足旋转，妙舞飘逸。

土地生财

美国的拉斯维加斯曾经是荒凉沙漠，本港女作家白韵琴前夫的一位长辈，早年被拐带到此建公路，后来用贱价买下一块沙地。多年后，赌场成形，美高梅以高价买下长辈的地，从此改变了他的阶级地位。

对于投资者来说，最好的发财机会，是在那些最不发达而迅速走向发达的地区，如二十世纪八十年代的深圳、九十年代的海南。

海口市沿海的大片碱滩，开发前是不毛之地，当时地价每亩为几千元，但仅约五年时间，就成为大厦林立的金融贸易区，地价涨至每亩几百万元，最豪华的写字楼每平米达一万五千元。

再如洋浦港，原先也是寸草不生的苦地方，但自从批准租给外商开发后，周围的地价也戏剧性地暴涨，从每亩几千元升至几十万元。

某个地区突然由冷变热，便能从土地上"长"出大笔财富，获利的首先是投资建设的发展商。其次，参与开发每一个环节的人，也能从中获取大小不等的利益。抓到一次千载难逢的机遇，便可赚到做梦也不敢想的财富。

最近，有家住港岛的友人到访我们元朗的家，屋苑内虽是清洁整齐，屋苑外却是荒草遍地人迹稀少，他们问：外出方便吗？没车怎么办？七星岗这么高？……我带他们参观区内靓屋，沿途讲述元朗这十多年的变迁，也许他们会有一些观念上的改变，啊！原来这里并非穷乡僻壤，荒地陆续被开发，投资"钱"途渐入佳境呢！

深层次痛苦

上周一去渣打银行，见一位五十岁上下的女士，正朝玻璃窗内的女职员发火，指责对方拖了她很长时间，却又要她去找别人，"你到底要我怎样？"她最后不情愿地去了另一边的经理位，但又听到她在大声发脾气。

当我紧接那女士走到柜枱前时，看得出那位年轻女职员情绪受到困扰，低着头嘀咕："都不是好长时间呀！"我安慰她说："没关系的，她可能身体不舒服，心急了些！"

以我过来人的看法，那女士四肢及身体不停晃动，应该是正值更年期，心烦气躁的表现似有抑郁症状。未能看清她面部，否则，可以论证一下我的看法是否有道理。

因工作关系，处理了多年新闻图片。当在计算机上适度放大一个人的面部，其眼底神情、皱纹深浅等看得更清楚，我曾多次有直觉：唉！这人有深层次痛苦。

荷里活喜剧大师罗宾·威廉斯，二零一四年八月十一日在卧室用皮带上吊自杀，据说他生前一直受抑郁症困扰。抑郁症的成因无非与婚姻、疾病、债务等压力有关，一旦得了此病，再染上毒品、酗酒等，就如同进了一条死胡同，别人进不去，自己出不来，孤独和痛苦如影相随唯求以死解脱。

罗宾曾说："我不认为我是一个快乐的人，我只是努力想让别人快乐。因为我觉得这样我自己可能会快乐。"罗宾饰演外星人、疯子、小丑，表面看来快乐，其实内心正痛苦得难以自拔。

投资考胆魄

　　曾有位男同事是名牌美术学院毕业生，他工余为某些公司做大型广告牌，或在巴士上彩绘，收入不错，生活滋润淡定，常听他在研究什么好吃？怎样烹制？他与妻儿一家三口住在土瓜湾向海一个洋楼单位，他很知足，认为生活水平不必无止境拔高，苦了自己。

　　他曾介绍我们认识一位地产女经纪，这女人与他同乡，住在黄埔花园。同事以女经纪作为"反面教材"，说她将三房中的套房租给空姐，自家大小七口挤睡两个小房间，如厕要争抢，空气都不够呀，何苦来哉？女经纪当时向我们竭力推介深圳罗湖城的铺位，七万元一个，她说值得投资，不过，当年的七万元不是小数目，何况那铺位小得可怜，怎么敢买？这位女经纪是买了的，不用说，回报当然理想。

　　后来听说那位同事的生活二十多年来保持稳定，不富也不穷。每论及投资之道，总有类似实例跳入脑中。买楼买铺炒股，不同领域的投资及回报，与胆魄、观念及谋略的差异极有关系。某村民"砸锅卖铁"集资千万，在市区买了个铺位，现在月月收租几十万……机不可失，时不我待，确应牢记。

孟母之苦心

　　孙女八年前出世时，我家正住在元朗一个洋房花园，屋苑内花木繁密，附设儿童游乐场和泳池，屋苑后门外是锦田河，河那边农家种植有机菜，大片田地葱翠宁静，空气清新鸟语花香。屋苑的风水旺人丁，二零零四年入伙后大批女婴出生，约两年后，轮到一批男婴登场。至今，百来户的屋苑，有几家是连生两个女孩的，有几家则是连生两至三个男孩的，孩子们成群结伙地踩单车吃烧烤，邻里之间其乐融融。

　　为了孩子们入读较理想幼儿园，即使万般不舍天高地阔的自在生活，不少家庭仍是陆续迁走了。孙女的好友考到港岛湾仔区圣保禄幼儿园，该校有"一条龙"升学优势，孩子父亲任职纪律部队，做事利落，立即将自住单位放盘，搬了去美孚，因为圣保禄有校巴到美孚；我家孙女则考入根德园，全家也于同年搬到九龙塘，周末才回来旧居。孙女另一伙伴考上港岛南区的沪江维多利亚学校，其父母一直受路途遥远问题困扰。

　　古时孟母为择邻而三次迁居，这个智慧女人认为环境可改变人的一生。现代父母的搬迁是为子女学业，出发点与孟母不相伯仲。九龙塘由于地处最受家长欢迎的四十一校网，一些家庭涌到来居住，变相带高了楼价和租金。我家楼下曾住了一家人，父母期望女儿可入读玛利诺小学等名校，但愿望落空后，全家已退租搬走。

女人养生七八九

女人在一起闲谈，养生是话题之一。表妹的一位友人重病治愈后，有人提供了一个"七八九"的偏方供她调养，即七条虫草八片花旗参九粒红枣炖两小时服用，每日一次。如此进补一个月后，友人原本因化疗而虚弱不堪的身体强健不少，面色也红润了，但由于虫草昂贵，经济难以负担，最终"七八九"变成了"八九"。

我认识的一位太太多年来以"二三四"养生，两条虫草三片花旗参四粒大红枣，每天早晨食用，炖服方法类似，她年届六十，精神气仍相当饱满。虫草（全名冬虫夏草）是一种名贵中药材，具有调节免疫系统功能、抗肿瘤、秘精益气等功效，近年价钱愈炒愈贵，A级虫草几十万元一斤。曾在广州四季酒店的专卖店研究过一番，虫草不光可一条条一克克卖，还可磨成粉状或加工成膏剂出售，该店特备小册子详细介绍食疗方法。

抛开虫草是否真有神奇功效不说，花旗参和红枣为何要搭配着用呢？据说华南女人知道吃红枣补血益气，但又恐怕上火，而花旗参性凉补而不燥，所以放入一煲起个调和作用，现在连华北人也照板煮碗，到处寻找上好花旗参配搭补品食用。

自小在江南老家见过一些家常补品，如人参红枣炖瘦肉，莲子百合煮粥，或将当地盛产的甲鱼、乌鸡、水鸭等加红枣桂圆炖汤，养生食谱可谓五花八门。

瞬间发达

　　美国社交网站脸书二〇一四年二月十九日宣布，将以大约一百九十亿美元股票加现金收购美国版微信WhatsApp，收购金额之大震动各界。根据《福布斯》杂志报道，WhatsApp公司创始人兼CEO库姆的身价将在一夜间达到六十八亿美元，另一创始人阿克顿则有三十亿美元，早期员工因拥有接近百分之一的公司股份，每人将净赚一点六亿美元。

　　开创了如此赚钱的生意，进了这样一个下金蛋的公司，真是羡煞世上多少英雄好汉，这种付出大收获更大的事例难得一见，包含着许多奋斗故事和良好经验，值得人们去学习借鉴。

　　五年拼搏的回报是一百九十亿美元，可以说瞬间成为巨富，自此人生走入另一境界。还有一种瞬间发达的，五天时间也不用，简直就是天生横财命，好比中了六合彩。记得许多年前有位中年工人，生活贫困，一次全城轰动投注金多宝，他狠狠心，买了四百元彩票，结果独中头奖，立即带着老婆孩子办移民去了加拿大。

　　两年前，有一名澳洲男子也是财星高照，他有一天外出散步，见地上有块漂亮的蓝色石头，便捡了起来，不想竟是一块重达七百五十三克拉的蓝宝石。蓝宝石价格早已超过黄金，与钻石一样名贵，好的蓝宝石一克拉价格已在万元以上，越大越稀有，一克拉以上优质蓝宝石的价格更是以几何级数递增，该男子拥有七百多克拉，不发达也难。

幸福遗言

深思熟虑的东西，临终前将之说出或写出，对他人主客观有影响，才称得上是遗言。老皇帝大限将到，赶紧立传位诏，否则他一死，皇族的麻烦就大了。百姓家长辈清醒时，对家产分配没个说法，他死后，活着的家人便难以安宁。

乔布斯说："我生前赢得的所有财富我都无法带走，能带走的只有记忆中沉淀下来的纯真的感动以及和物质无关的爱和情感，它们无法否认也不会自己消失，它们才是人生真正的财富。"他的遗言对世人振聋发聩。

美国一位医生保罗（Paul Kalanithi）才华洋溢，三十六岁某天，得知自己肺部长满肿瘤，将不久于人世。以往他每周工作一百小时，没享受过生活，现在该怎样面对突然的死亡？他痛哭后决定："只要一刻没离开，都要好好地活。"他接受治疗，奋力写书，继续为患者做手术，并与妻子按计划生下孩子。他认为，生活是为了创造生命的意义，苦难本身或许也是一种美好。他去世时女儿八个月大，其著作《当呼吸化为空气》（When Breath Becomes Air）登上今年年初畅销书榜首，书中最后一段话写给女儿："尽管我们的生命只有很短暂的重合……你曾让一个即将死去的男人充满了幸福，这种幸福让人不去奢望更多，而是沉静下来、心满意足。"

这是我至今看到的最幸福遗言。

砖屋增寿

英国一位逾百岁老奶奶身躯直挺，笑容满面，精神愉悦，前不久以一百零四岁高龄寿终正寝。关于老奶奶的新闻点是：自从一九一二年在乡下家中出世后，便几乎没有离开过此栋建于一八二〇年的老房子。

从照片看，老奶奶住的是两层高红砖屋，旁边有个美丽小花园，她的女儿说，母亲总是在花园里鼓捣，每个角落都不放过，不干完不肯回屋。

老奶奶祖屋的照片引发人们对旧时代生活方式的怀念，二百年砖屋确是老房子了。在香港新界，类似砖结构旧屋也有不少，可惜大多已荒废，如果有心人去翻新一下，将院落收拾整齐，一样冬暖夏凉好景致，新界有些老人也像这位老奶奶，因为居住宽敞，出入方便，因而筋骨灵活，七八十岁仍肩背手提，踩单车四处逛。

我未成年时，曾住过两处小屋，四季美色毕生不忘。一处是江南小镇，屋前屋后有花园、菜地、小河，篱笆上爬满牵牛花、苦瓜，河面上浮着荷叶菱角；另一处是北京西城家属院，一排排红砖房，家家门前有空地，可以种花种菜，我家还挖了兔洞，搭了鸡窝。

住在自家小屋，头顶日月星辰，脚踏泥土青草，一呼一吸间尽是天地之精气，多美妙的生活啊！空气清新的环境，充满负离子，对中枢神经和血液循环大有裨益，可以改善大脑功能，增强免疫力，消除疲劳。当人体健康，充满生命力，自然延年益寿。

收入可观

我家所在屋苑整栋楼翻新，工程庞大，需时约十个月，动用各工种工人。

拆冷气及安装的费用已包在总体工程费中，但洗冷气就要另外交费，每部冷气机不论大小统一收费八百元，包括加雪种。有些冷气机的托架太残旧需要更换，每个架也按八百元收。业主可以选择不洗，或另找人洗，但大家嫌麻烦，都是就方便委托翻新公司一并做了。

来家里洗冷气的是一位老板及一位工人，说是老板，是后来看到他的卡片，原来是小公司挂靠大公司，承接工程来做，拆与安装冷气机，不知道他们收取多少，但一定是笔大收入。洗冷气则是收现金，是他们的额外收入。整栋楼四十几户人家，每户五到六部冷气，以我家为例，六部冷气及换了两个托架，付款六千四百元，干这些活约是五个工时。

全套技术活由老板做，他做得很专业，喷洗过的冷气焕然一新，陈年污垢一去不返。只见小个子老板爬上爬下，肮脏不堪，高个子工人却仅是打打下手。每洗一部，老板会评论一番，洗完一部特别脏的，他便笑笑地很有满足感，这可能是职业病使然，正如医生盼望多些病人就诊，记者则是事故愈多做得愈起劲一样。

有人选择轻松工作，月薪一两万元，生活也过得去，有人则不怕吃苦，月入十万八万甚至更多。相比大部分行业，这位老板赚的是辛苦钱，不过，他的收入十分可观，生活应很富裕的。

外省人与人情味

许多年前，有一次去五金店，寻找想要的东西，有位男店员问，你是外省人？我点点头，听他得意地跟收银女人说："一看就知她是个上海人。"多莫名其妙啊！我都没开口，他就知我是哪里人了。

有一年租旁边屋苑的车位时，业主突然问："你们是外省人吧？"我先生立即答："唔系！"我有些内疚，好像我连累了先生似的。

上周末走进一家饰品店，发现这家的头饰、胸针等挺有看头，小店老板是位中年男子，坐在那里制作饰品，他主动问我有没有喜欢的类型？我答看看再说吧！他又问，听口音你是外省人，上海人吗？我说是外省人，但不是上海人。我问他你是哪里人？他说广东祖籍，香港出世。

老板接着说："我去过南京和上海，很喜欢南京，在那里感觉挺舒服的，南京人好，南京人真有人情味啊！上海商业味浓了点，和香港差不多。"

我去南京与上海的次数不多，对于人情味等难有明晰评价。我去过大江南北许多地方，除在汕头被人嘲笑，说我先生"娶个北方女人生个北方孩"外，任何地方，都无人提出外省人问题。

小店老板喜欢南京浓浓的人情味，首先，是当地人没将他当作外省人，与他在同一层面相处，其次，是因为南京人有较好的文化修养。

一眼就看透

曾经有个男人，平生赚到钱就交给妻子，要用钱时就从妻子那里拿，他看透妻子只喜欢蓄钱不会花钱，就好像银行一样。男人过身前，妻子问他将来怎样分配财产？他说："生不带来死不带去。"言外之意，你们爱怎样分就怎样分。我的理解是，男人已看透红尘，无谓管那么多。

上周日在锦绣花园附近的酒楼外午膳，邻桌一对中年男女带来条大狗，并自备折叠椅给狗享用。男人左手不断抚摸狗背，右手用来喝茶吃东西。女人坐于他们对面，或者跑出跑入拿茶点、拿冻饮，或者就自顾自地吃。

女人的手指甲、脚趾甲都上着鲜红色甲油，两个手腕共戴着六条手链，戒指也有六只。她的眉毛是纹过的，进食的嘴型不难看，形体语言似是个吃惯喝惯之人。男女始终没有对话，没有目光接触。女人打扮得这么细致，男人一眼不瞧，难道有心呵护那条难看黑狗，却无意看一眼伴侣吗？估计他已太熟悉那女人，看透了她，任她打扮给谁看都不介意了。

饭后去取车，我记得停车场老远那头有家露天大花店，我们是认识花店东主两夫妇的，便说：走去看看还在不在？想买盆水养的花。老公说："早就不在啦！"我很奇怪他怎么知道？老公更奇怪，说："一眼就看透啦！那里除了货柜车，你还看到什么？"

男人们真厉害！我怎么一眼看不透呢？花店会否在货柜车后面呢？

乘风落叶

旧社会女人的命运好像一片树叶，落到一个好去处，被制成美丽标本，压在玻璃板下，供外人观赏；或风干作书签用途，主人日日看时时见，爱不释手。而大部分平凡之叶，只能落到那藏污纳垢之境，受尽百般苦楚自生自灭。

外婆的娘家以前是开地下钱庄的，三姐妹中的老大嫁予我外公，外公曾管着常州城的煤炭，可惜后来染上鸦片，生活终至潦倒，不到五十岁就留下妻女死去；老二嫁了个开砖窑的，这窑主手段极辣，动手多过动口，老二在暴力之下唯唯诺诺活得胆战心惊，后来窑主又纳两妾，三个女人，同室操戈，怨声载道。

老三生得太漂亮，被某富豪抢亲做了填房，深获宠爱。两位姐姐一直说她嫁得最好，生活从未苦过。

外婆三姐妹似的落叶红颜已是时过境迁，现今女人也可喻为落叶，但这落叶丰润厚实，可以乘清风看准目的地再飘落，落下感觉不妙，仍可变卦乘风逃之夭夭。

迷人钻石

有经验的友人说，珠宝价格的水分达四成以上，作为投资，除非稀有物，否则能不买则不买。但女人多数爱珠宝，看到合心意又负担得起，认为佩戴和收藏就是价值，投资角度的保不保值？想不了那么远。

最贵重宝石依次是钻石、蓝宝、红宝、祖母绿及金绿玉，我们较熟悉的翡翠、珍珠、玛瑙等，最高价始终比不上这五种。所以，钻石永远最受追捧，令人着迷，小小一粒带来大大欢喜。

最近有缘对一只珠宝腕表深做研究：一大一小两只钻石蝴蝶，加上两朵分别为三角形及四角形的钻石花，六块翡翠穿插表盘之上，有的作了蝴蝶的肚和头，有的成为绿叶。整个盘面是镂空制作，除了约占三分之一位置的表是实心体。

大粒些的钻是爪镶方式，绝大部分是密镶方式，镶嵌得很紧密，蝴蝶翅膀、盘面上的大圈小圈、表带扣，都排满闪闪亮的小钻。这是一件珍贵的生日礼物，表盘背面刻有姓氏。

说到镶嵌法，我一并研究手上戴了多年的结婚戒指，这只白金戒指只有一粒钻，应该用的是卡镶法，这种方法总令我感到不是很安全。事因有一次到一个珠宝店，女店员拉过我的手看看后说："钻石松了。"我用手动动钻石，还真是松了，赶紧跑去购买戒指的原店，请他们帮我加固，化了一百五十元加工费。取戒指时，店员对我说："钻石一般是不会脱落的，但要小心别撞击硬物，如再出现松动，尽管拿回来好了。"

尊重子女

孩子大了，不再依恋家庭，已令父母有失落感，如果他们再惹些是非出来，父母更会觉得痛苦。"只有子女口中不好的父母，没有父母口中不好的子女"，可怜天下父母心啊！

我们相识的一个男孩十六岁离开父母到外国读书，每次回港，他都对父母说："回家的感觉真好，我在外边好挂念你们哪！"但转头他对父母的朋友说："太多东西要学，太多事情要应付，基本上没有挂念父母。"

儿子在港结识第一个女孩时，母亲大为紧张，不停试探是友情？感情？还是其他？一次，发现儿子在给女孩写信，不加思索就开口："认识没几天，写什么鬼信！写些什么呀？"儿子气恼地把信扔给她，她还真看了看，倒没觉得有什么过分，但出于尊严仍教训说："这样写是不是太热情了点？你马上要走，写信简直是多此一举。"儿子认为母亲管得太宽，一点事就大惊小怪，随后几天不与她交谈。

做父亲的倒是比较理解儿子，告诉妻子，儿子不再是三岁小孩，要尊重他开始有独立的能力，阻止他结识女孩，难道喜欢他去搞"同性恋"？

母子和解后，母亲对儿子说："你在国外结识女孩要谨慎，我们只有你一个孩子，别让我们伤心失望。"儿子说："妈妈放心吧！我知道怎样做。"

伟大主妇

年轻时，因工作需要去了某县城，与一中年女编剧同住一房。她读过大学，戴眼镜斯文秀气，获有关部门安排，住进招待所"闭关"赶写剧本。

一天，她丈夫拎来个大包袱，将之放在地板上。后来听说其夫是县剧团"台柱"，他们育有两子，家婆帮手带孩子。那晚，我准备睡觉时，女编剧从水房端来大盆暖水，打开包袱，原来里面都是脏衣服。女编剧用搓板搓了很久，房间里飘着肥皂味，直到她去水房为衣衫过清水，才静了下来。

曾看过台湾作家柏杨一篇文章，大意是说，女人别去读什么博士，一旦嫁人，生了孩子，家里的事还操心不过来，学的高深知识就不知丢到哪里去了。他认为世界上可以没有女博士，却不能没有家庭主妇，以对人类的贡献而论，主妇胜过女博士千万倍，为人妻母，受过小学教育就可胜任。

我的文化程度高于小学，做家务几十年如一日。近期为做一件"有意义"工作，更是忙上加忙。趁孩子们不注意，赶快坐到计算机台前，刚打开一个稿件，"奶奶"声就不绝于耳，这个要喝那个要尿，再不就是告状吵嘴，最小的那个更是不停问这个是什么？谁谁在哪里？慢了响应，其中一个就会爬到身上来"帮"手打计算机。

女性照料家庭天经地义，因为女性较男性更具奉献精神，但是，书还是要多读，因为关系到家人的精神升华。

家经难念

都说潮州有些男人很"爷们"，自认家门内外老子第一，连叹口功夫茶的水都吆喝女人加添，不过潮州男人有一点值得称道，即重视原配和家庭，不会轻易离婚。

话说有位潮州男人包了个二奶五六年，感情不错，但当生意不顺景时，他拿出几十万对二奶说，我们分手吧！你拿钱去另过。二奶不肯，说我不要钱，苦一点我都愿意跟着你。你知那男人怎样说：我现在能力精神都不足，已顾不了太多。第一，生意不能不要，第二，儿子不能不要，第三，老婆不能不要，唯一可以不要的就是你，你当是成全我吧！

中国人普遍家庭观念重，到关键时刻，谁不希望维持长久稳定的家？但家庭就是一个小社会，也有政治、经济、文化、犯罪等种种问题存在，无远虑者有近忧，无近忧者有远虑，外人眼中的和谐家庭也不排除有本难念的经，怎样念这个"家经"，各师各法，念的不好者大有人在。

一对夫妻都是专业人士，妻子临盆时请来家婆帮忙，谁知刚过一个月，丈夫就见母亲躲去房中哭，如此又一月，母亲经常哭，丈夫忍无可忍，对妻子大兴问罪之师，两公婆唇枪舌剑，再无安宁，年轻气盛下分居收场。

事后丈夫的父亲说句公道话，说那家婆历来善于无事生非、小题大做，劝儿子不要太过于责备妻子，但感情已伤，妻子不能原谅丈夫，可怜婴儿刚出世便面临父母离异。

儿女导航仪

友人传来长文，内容是韩国一位母亲的育儿心得，她的六个儿女全部是哈佛、耶鲁、麻省理工学院博士，她的孙辈们正延续着这条成才之路。

这位"首席"妈妈的儿女不光事业出类拔萃，而且都具有乐于助人的优秀品德。她的一些观点，如孩子的春青期只有一次，一定不能错过此时期的引导；要帮助孩子看到未来，走上属于自己的人生道路；父母要在孩子面前树立对方权威，保持良好夫妻关系等，都引人深省。

我曾经的同事也是位善于引领的母亲，她研究孩子的年龄段，认为十一二岁是交友期，一定要看紧孩子，十四岁后可加大学习压力。她的两个孩子都考入科大少年班，她"宁做凤尾不做鸡头"的观点，至今印象深刻，但不知对还是不对？

最近见到一位台北来的职业外交官，他对如今争入名校现象有些看法。他的两个儿子自小跟随父母，从这个国家到那个国家，不能正常上学，但并未影响孩子们成才，大儿子的英文、法文很好，如今是某电视台名主持。小儿子则擅长英文、俄文、西班牙文。除此外，在他的要求下，儿子们都会演奏一到两件乐器。

他说，权贵们的孩子在保镖护卫下上学放学，能学到什么？他家孩子混在当地同学中一起生活，甚至去做兼职，这样学来的外语才过硬。他不讳言自己对儿子的步步引导，至今，他仍在指出他们的不足。

唠叨宣泄

一位男子说，外母为他们照顾孩子，与他们同住了许多年，全家人日常的话语交流，外母一人占九成，成天唠唠叨叨，问这问那，烦得够呛。等到外母过身后，轮到太太"接班"了，完全继承了老娘的脾性，话多得离谱，一盘菜的来龙去脉也可以讲半天，常令他心烦意乱。

多数男人不喜欢女人唠叨，这男子说，两个女儿现在是少女，娇娇嗲嗲的，倒还可爱，不知将来怎样？要是遗传基因随了外母，也够她们老公受的。

男人烦心时，长吁短叹，抽烟喝酒，或找狐朋狗友吃吃聊聊，便开解了心事。有深藏不露的，更不喜欢作声，什么都埋在心底，待积压得太多了，就一次爆发出来，口沫横飞、乱骂一通，摔碟打碗拿妻儿出气。还有极个别的，平时不吭不哈，脾气上来，打人砸家具，威胁跳楼开煤气，寻死觅活，闹你个天翻地覆。

男女宣泄心理压力的方式确有不同之处，相比破坏性的行为，唠叨算是平和的做法。十个女人八个啰唆，女人话多天性使然，丈夫家人不爱听，她们会去找朋友甚至陌生人倾诉，这种唠叨有助舒缓心理压力，换来健康。

女人唠叨属心理疗法中的"宣泄法"，也是一种特殊的健身法。当然，作为有修养的女性，最好勿将烦恼转送他人，靠唠叨来排忧解难，可以寻找其他途径，如唱歌、跳舞、写字、画画、种花种草等，都不失为修身养性的好方法。

脚下一块砖

有对夫妇年轻时很拼搏，为了买房，努力工作，省吃俭用。他们曾租住友人一个单位，大家相处得很好。有一年，友人拿出八十万对夫妇说："你们拿这钱作首期，去买个物业吧！安居方可乐业，等你们赚到钱再还我也不迟。"夫妇非常感激，恭敬不如从命。

夫妇积极拓展财路，生意愈做愈顺，他们很快还清了友人借给他们的那笔钱。多年后的今天，他们已拥有写字楼、豪宅等物业，比那位房东友人更富有。他们说：友人在他们起步时，往他们脚下塞了块砖，这块砖不是人人能得到，他们却得到了，实在幸运，感恩不尽！

家人间相互扶持是应尽之责，朋友间的相助，却因为不是亲人胜似亲人而更显珍贵。曾经有位同事，离婚后来到我们公司做兼职，主要为解决经济上的燃眉之急。同事们知道她单亲家庭不容易，热情伸出援手，耐心教她，令她从一个门外生手，很快掌握分内基本工作，平时大家说说笑笑，也减轻了她精神上的苦闷。

眼见她在应付好赌母亲及淘气儿子方面，不再像初进公司时想起就烦躁，她变得快乐振作，成熟女人的美丽和自信又回到她的身上。结果，送花追求的异性不止一个，她选择了其中一位，甜蜜拍拖起来。

友人间顺境时共享阳光，逆境时分担忧愁，纯正友情是珍贵财富，往往成为人们脚下的一块砖，助他们向上攀爬。

农民的纯朴

十七岁生日一过，我便随插队大军登上火车，被拉到一个完全陌生的乡下地方，那时是年尾十二月，心里已知不会回京过年了。

比起校内其他同学到陕北山区插队，我们这批先行一步到晋南平原的，生活条件算是略好些，初去时常有白馒头吃，只是后来上级为了追求高产，麦田改种高粱，生活质量才大大降低。

我们去的那个村很大，有三四千人，该村虽然田地多，但一下增加几十张嘴，等着分口粮，年底还要分红（现金），全村人竟没有公开反对的，他们欢迎我们到来，尽量安排好我们的住房及饮食。

一年很快过去，当我们首次回北京看望家人时，除了带上我们挣到的二三十元现金，村委会还特意为我们准备了小米、苹果、蜂蜜，数量虽不多，却饱含情意。

我周围的那代知青，多数都感激农民们曾经的善意，当农民被广义斥为自私狭隘，计较蝇头小利，具"小农经济意识"时，都会争辩一番。我认为，只要在农村长期生活过，对农民的偏见便会改观，他们首先是纯朴的，有些毛病并非主流问题，农民中确有黑了心的，但那只是极个别。

如今，内地游客走出国门，他们中有许多是农民，由于他们长年局限于一片天地，未养成礼貌习惯，言行亦欠文明，对外面的世界手足无措，难免有些愚昧无知的表现，很希望时尚的人们可以多些包容，不要耻笑他们。

情义交融

平常心看错配

　　我的父母是娃娃亲，他们很年轻就结婚，母亲二十岁生下我后便从上海调往北京，与父亲居于东城的东交民巷，直到一九六二年，因抚育我们的姨母要到香港与姨父团聚，我们姐弟才被接到父母身边。父母从那时起便搬到西城，住进了部机关大院。

　　共同生活初期，父母仍习惯于二人世界，他们外出看表演、会友等，很少会带上孩子。在我记忆中，见过他们偶尔闹别扭，相互间不理睬，有时，母亲会嘟囔一句半句不满的话语，但却从没见过他们吵架。看得出父亲疼爱母亲，好吃食物总是先给母亲，然后是子女，最后才是他自己。母亲更有一个饼干盒，里面的东西只有她可独享。我一直认为父母感情要好，在他们五十多岁时，我以他们为题材，还写过一篇几千字的长文，标题是"恩爱夫妻"，发表在泰国的华文报上。

　　父亲享寿八十余岁，五年前他过身时的情景仍是历历在目。最后那两天他极度痛苦，白天还好，夜晚通宵难受挣扎。三个子女都回到他的身边陪伴，医院离家不远，仅几分钟路程，我们不断跑出跑入，但母亲以疲劳、不想走动为由坐在家里，不大肯去医院，知道父亲回生无望时，她对哭泣的子女说：他要走就走吧！

　　父亲的丧礼母亲没有参加，送父亲的骨灰去墓园落葬时她也不肯去。家人不能强迫，曾数度猜测：是年迈自顾不暇？还是因父亲病了几年，病榻前照料得心生厌烦？或者……

　　当听到有人讲及夫妻"错配"的种种情形时，不禁也拿父母的婚姻来做对照。他们看似感情不错，会是错配吗？父亲能写会画多才多艺，而母亲文化程度相对较低，她当年到北京后，是父亲帮她补习中学课程，鼓励她自学，并安排她放弃原先的纺织工作，进入电讯学校学习。母亲性格使然，该操心的事不愿上心，孩子喊饿，她就说"去吃啊！"吃什么？她不会管。孩子喊累，她就说"去睡啊！"有无时间睡？她也不会管。总之，她除了上班挣一份不错薪金外，其余事管得不多，更无啥业余爱好，当父亲摇晃着身子吹笛吹箫，打着拍子吹口琴或唱歌时，孩子们很兴奋，她却没什么反应。据说父亲跳舞很好，母亲是不会跳的，那谁给父亲当舞伴？当我们长大离开家庭后，接到的信永远是父亲写来的，偶尔接到一封母亲字体的信，也知道是父亲口述一句母亲写一句的产品。动脑筋方面，母亲实在有些差。我后来明白，父母做了六十年夫妻，其实共同语言着实不多，如果从这个角度说错配，他们无疑是错配的一对。

由父母的婚姻又想到伯父母，伯母远没有我母亲好命，她是五岁进门的童养媳，文化是成年后学的。她与伯父圆房后接连生下两男三女，我祖母是不大做家务的，不会心痛这个长媳，反倒是祖父的母亲，即我的太婆，帮了孙儿媳不少忙。每到冬季，总见到伯母的两手长满冻疮，烂到流出血水，却仍是在明堂内那口井旁，吊上一桶一桶冻水，洗着洗不完的衣物菜蔬，在厅房灶间团团转，做着做不完的家务，当家里经济不好后，她还要外出工作，帮补家用。

我父亲年轻时喜好音乐球类，伯父则喜欢游泳，是冬泳健将。公私合营前，他有自己的小工厂，更由于强壮、俊俏、能干，"招花惹蝶"的事时有发生。在伯母对我们诉说的往事中，有一桩令我印象特别深刻，在脑海中留下一幅可以无数次描绘的画面。那次，伯父说有事要去上海，伯母看天气不好恐下雨，拿了把油伞追送到火车站，谁知被她撞到伯父携情人出游，二人亲密的举动大大伤了伯母的心。我曾在午夜听到过伯父母房中传出桌椅板凳的响动，知道他们又在打架了。伯父母的感情怎样？已是不言而喻，他们一开始就是错配的一对。

但是，正如我父母相伴着度过无数个春夏秋冬，伯父母的婚姻也一直维持下来了。

犹记得一九八五年某日，他们拎着一竹篮焓熟的淡水虾，坐火车千里迢迢到天津来探望我们，伯父在饭桌上一次次往伯母碗中挟菜，我私下里想，伯父是在做戏给我看吗？他们从我这里又去北京看望我父母，后来听母亲说，伯父居然给伯母端洗脚水……

又过了些年，我有事从香港去无锡，特地租车去常州探伯母，告别时往她手里塞些港币，伯母说："不用了，我有钱，你伯父留了几万元给我。"言语间，伯母已不再像以往那样，总在诉说伯父怎样伤害过她，反而说伯父晚年给了她不少关爱，懂得心疼她了。

生活中夫妻的错配，亲情的错配，工作的错配，投资的错配……方方面面的错配，可以说普遍存在，无处不在，"不如意事常八九，可与人语无二三"，错配，显示出生活的无尽疑惑，以及生命的种种遗憾；错配，带来寒风凄雨，恐惧不安，却是避无可避，唯有看成平常事，以平常心对之，好像我的长辈们，跟随着命运轨迹，弯也好，直也好，无论幸福还是痛苦，首先是不要伤害自身，不要伤害他人，然后，努力地朝对的方向走，不言悔恨……

名分基于婚约

他们是在舞蹈班结识的。当年她二十岁，他四十岁。

他上有父母，下有太太及两个孩子，开着一家小公司。她是个小文员，上班、读夜校，再就是回到只有母亲的家中，无聊地打发日子。她身材矮胖，而他却英俊高大，当然是她主动。

她进了他的公司，最困难时期，她既是秘书又是会计，样样为他尽心。两人有时在公司打地铺，他陪她睡到半夜才回家。

她与他和美相伴，死心塌地跟着他，听他的话不要孩子，他们的感情一天天深厚，如今，三十年过去，爱情早已转化为亲情，公司也发展稳定，经济状况不差。她的母亲死了，他的儿女独立了，一向不闹矛盾的他们，近期却深陷痛苦之中。

问题的来源在于她。五十岁，进入更年期，突然明白青春不再，却没有正式的名分，没有自己的孩子，日夜恐慌。他说不知她在想什么？要怎样？他与太太是有共识的，永远不会离婚，而与她的感情也是甩不掉，维持下去，有什么不好？

她一直拿份高薪，兢兢业业做事，为他家的生意卖命。他太太年轻时比她漂亮一倍有余，并不忌讳她的存在。

多年来可以与自己喜欢的人在一起，她精神上满足，从未理会他太太怎样看待自己，但现在他老了，来她家的次数日趋减少，她怕有一天他不会再来，他最终是属于家庭，属于他的儿孙的。

名分基于婚约，无名分就人财两空。她在想，为他付出一切到底图什么？

守住婚姻

有人酗酒赌博，有人大搞婚外情，配偶不能忍受时，家庭便风雨飘摇。

守住婚姻，是老一辈的道德原则，但在今天，自由、个性、快乐，可以凌驾于家庭，合则来，不合则去，离婚率被不断推高。

一些原本相爱的夫妻，在一方做出破坏性举动后，夫妻感情立即冰冻如水，可否回暖，需且行且观察。

最近听到一个真实故事。女博士留校任教后，与小她几岁的学生相爱，待学生毕业工作，二人便组织家庭，很快有了女儿。幸福生活维持了五年，妻子开始感觉丈夫有异样，有时心不在焉，有时无精打采，有时说些小谎。

妻子是明白人，自己年纪渐长，工作负担重，又有孩子要照顾，难免力不从心，疏忽了年轻丈夫。或许会有年轻女子追求他，令他心动？或者，他不再喜欢自己，后悔与她结合？

她将猜测与闺密讨论，对方愿提供帮助，解开这个谜团。经过几个月"调查"，有一天，闺密说带她见一个人。她们来到一家地产公司，闺密指着一位职员悄声说："这是你老公的小三。"

"小三"？那女人又老又丑，说"老三"更准确，令她完全产生不了嫉意，丈夫与这样一个女人在一起，莫名其妙啊！

她未有质问老公，只是，重新整理财产，她名下物业是婚前置下，目前市场价近半亿，她的高薪也不再"充公"，今后家庭开销全部由老公负责。

　　丈夫愤怒得很，喊了无数次要离婚，闹得急了，她说："你是另有强过我的心上人了吧？没问题啊！女儿改我的姓，你可出去另起炉灶。"自此，丈夫没再喊离婚。

小夫妻

因事乘坐深圳地铁龙岗线，从双龙往老街方向，四十分钟车程，与一对小夫妻及他们的儿子对面而坐。我本打算像老公一样看书打发时间，但对面太热闹，我被他们吸引着，根本看不进去书。

那位丈夫剃着小平头，粗壮结实，他上车就忙着重新捆绑小推车上的三个水果盒及三个摞在一起的白色洗衣粉桶，他以两根松紧绳，绕来绕去，妻子突然大声说："真笨，那么使劲干啥？这绳下次不能用啦！"丈夫没理她，她生气了，站起身抢过绳来松了一圈。丈夫也生气了，抢过绳来紧了一圈。这下妻子开骂了，丈夫还嘴，两人的语言不堪入耳，三四岁大的儿子坐他们中间，我忍不住了，说他们："喂！孩子听着哪！"老公碰我："少管闲事！"那妻子竟朝我笑了下，非常不可思议，这种情况下还笑得出？但两人停止了骂脏话。

晚上九点多的时段，那孩子昏昏欲睡的样子，爸爸把儿子抱到大腿上，紧紧地搂着，小声地与他说话，母亲又开始发飙了："别睡啊！一会儿下车，没人抱你。"声音尖尖的毫无教养，我想着这样的人如果走出国门，怎么弄？

糟糕的还在后头，那女子开始折腾自己脸上的青春痘，一粒粒搞，还不时看手指上有无血。然后又拿出把梳，不停地梳她油乎乎的长发。偶尔跟丈夫说句话，丈夫看她的神态，如果我没看错的话，居然深情款款的。

　　愚昧往往是生活造成的，猜这对小夫妻日子过得不容易，他们可能是冒着严寒到郊外去贩卖水果。女人肯跟自己挨穷，再糟糕也是可爱的。

目成

　　南开大学古典文化研究所所长叶嘉莹现年九十二岁，在一次访谈中，引用民国才女吕碧城的一句诗："不遇天人不目成"，来说明自己并未经历过恋爱。

　　"目成"是指二人眼神对视时的化学反应，意指这满堂才俊美女，只有这位是天人，正是我想要的啊！以叶嘉莹的家世学识、美丽清雅，怎会遇不到天人呢？

　　叶嘉莹说她二十多岁时，一位喜爱她的女教师将弟弟介绍给她，对方很主动，加上时局动荡，顺理成章就结了婚，而且还生了两个女儿，但她的心并未被丘比特之箭射中过，未产生爱情感觉。丈夫后来变得脾气暴躁，乖戾无能，叶嘉莹"不得不把自己的精神感情完全杀死，才能承受折磨勉强活下去"。他们仍生活在一起，直到几年前丈夫去世，叶嘉莹写下"一握临歧恩怨泯，海天明月净尘埃"的诗句。

　　夫妻中有多少对是目成的？吕碧城当年的追求者很多，但他们不是太年轻就是有家室，无一位是她可以目成的天人，她最终皈依了佛门。我知道另一位名门之后，书法造诣很高，与丈夫结婚离婚复婚再离婚，她曾说："我这辈子从未对一个男人动过心，不知道爱滋味。"遇不到目成的配偶，爱之心弦未被拨动，还要勉为其难地生儿育女日夜面对，真是人生一大遗憾。

　　不过，目成夫妻也并非真那么浪漫甜蜜，当目成一次，结百年之好，不幸地，却又遇另一天人而目成，怎么办？

假若我是男人

　　一个土生土长的娇小香港女人，许多年前只身到潮汕地区去开厂，辛苦搏杀，见识生意场上的复杂。厂建起来了，她却毅然将生意卖盘，返港继续做其家庭主妇，原因是她受不了当地人的"大爷"习性，不按时上班，工作时间吸烟喝茶。

　　丈夫在旺区开店，提供专线小巴的修理和保养，收入稳定。二〇〇三年，他们卖了一个的士牌，趁沙士后低楼价买下洋房花园，因而与我们同住一个屋苑七八年。她与丈夫在花园自建大鱼池，石栏石屏流水潺潺，专业水平人见人赞；她高超的栽种技术也被众邻居追捧。她把家里家外打点得清爽靓丽，把老公孩子照顾得舒舒服服。她家后来搬走，将房子出租。

　　厦深高铁修建时，她得知汕尾正规划建设新城区，有地出售，立即带钱赶去，买下可建两个铺位的土地。目前高铁通车，土地价格大升近十倍，铺位建好后距离汕尾站仅五分钟路程，又一次成功的出击！

　　她的大女儿读毕大学在公立医院做护士，次女及儿子在澳洲留学，分别念酒店管理及机械工程。她说别人赚钱为过舒适生活，他们夫妇赚钱都投资在孩子身上，儿女如果不想她卖楼卖地不断交学费，就要刻苦些如期完成学业。

　　最近一次见面，她拉我到光亮处，细看我脸部，又拉起我手比较，说自己皮肤老化太快。唉！假若我是男人，一定要娶这样的女人。

无底线讨好

在网络看到自述感情经历的文章，多数是年轻女子，她们从热恋走向冷漠甚至离婚，过程中有出轨有欺骗，有处理不好家人关系的苦恼，有贫困引发的家庭不和，众多问题中最令人感叹的，是单纯女子对另一半的过分讨好，因为无底线无坚持，自甘示弱，任由对方为所欲为，最终遭离弃。

一位二十出头的少女，经不起男友软磨硬泡，轻易献出处子之身。第一次怀孕，听从男友的话，到医院做人工流产，第二次、第三次，同样做法，因为是全麻不觉疼痛。第四次自动流产，医生说她可能终生不育，她即将可怕消息通知回了家乡的男友，男友赶回来陪了她几天又回去了。他在忙什么？原来是家里早就给他说了门亲事，他瞒着她在筹备婚事。最终，他娶了另一女子为妻。

还有一位与人同居的女子，每次堕胎为避闲言，都要辞职搬家，与朋友绝交。当穷男友提出最好婚前买套房，她说服并不富裕的父母出首期，真的买了套房，而且写男友一人的名字，还天真地说将来买第二套房时，轮到写她一人的名字。结了婚，又怀上孩子，这时竟发现丈夫早有外遇，每次与情人开房后回家，总是累得倒头就睡，看着丈夫身上被情妇抓咬出的"爱痕"，她的心碎了又碎。

许多女子天生幼稚，忠言逆耳，眼中只有一个"他"，从而吃尽苦头，迷失在感情的泥潭。

老婆贬值了

男人娶老婆就像买股票，存在一定的取舍，或贪女方美色，满足虚荣心；或贪女方有利用价值，可助自己实现某些愿望；也有喜欢女方性格好，温柔顺得人，相夫教子可令自己无后顾之忧。

婚姻说是一生一世，但相处不融洽，今朝仍同床明朝想分手，也是个人自由。恩爱到白头是愿景，不是现实，打到头破血流，半生半世也挨不到的也为数不少。

听到有丈夫对外人说："我老婆贬值了。"不管出于什么心态，这话最好不要说出口，你老婆贬值可能与你价值不高有关系，老婆贬值更不等于你增值。

有些美女拖友绯闻一箩筐，等到错过了花杏期，迟暮年华，想嫁嫁不出，没做人老婆已贬值了；某名女人私生活混乱，但终于嫁了一次，以前的糊涂帐一笔勾销，身价立马增值。所以，女人身价真不是股票，贬值增值没一个定义。

你看那位港姐，十七岁参选时，就被选美台上的男歌星相中了，男歌星有才有财，将她追求到手，从此不让她抛头露面，做自己背后的女人。有人说，她未履行港姐义务就不求上进、不工作，是历来最失败的港姐冠军。

港姐藏在丈夫身后十几年，默默生仔理家。舞台上丈夫光辉依旧，偶见她露面朴素无华。前不久，丈夫悄悄买钻石，打算作为她的生日礼物，不巧被记者发现，连他花了几百万也查到了。

港姐沦为住家妇，表面不风光，但她协助丈夫发展事业，培育孩子成才，她的人生价值是在不断提升的，她丈夫绝不会说"我老婆贬值了"。

懵懂正妻

善良女人的爱心是与生俱来的，老是为家人着想，赴汤蹈火在所不辞。

世上女性的许多委屈不公平，生理因素很主要，因为男人不管年龄多大，仍可娶妻，多情浪漫，女人则不行，即使容颜不老，但机能衰退，爱一个已够够的了，世上有几个伊丽莎白·泰莱，可以老妇嫁少男？

有个真实故事：一对夫妇是大学同窗，感情要好，婚后生下一对子女。妻子在港生育时，丈夫忙前忙后体贴照顾，殊不知，与此同时，丈夫的情人也正在美国生产，她生下一个男婴。情人母子回港后，丈夫为他们安下另一头家。

经过近十年时间方真相大白。这十年间，丈夫经常夜归，甚至以生意忙碌为借口不回家，妻子也未起疑心。当子女长大，妻子不再那么困身，开始多些关心丈夫，渐渐察觉有问题。细节不必说了，总之，就像一场战事，发现一个突破口，胜者追击守者溃退。

丈夫将事情和盘端出。他说很爱妻儿，没有丝毫要抛弃她们的念头，对于另一边的母子，他也一样地爱，并说情人虽然年龄小但懂得顾全大局，从未提出名分问题，所以，他希望仍可维持现状，相安无事过日子。妻子伤心要离婚，子女哭求妈妈，给爸爸一个机会。

多情还是负心的问题说不清，男人不分老幼常在恋爱，这种心绪上不断恋爱不断平复的过程，按理说妻子最易察觉，不知为何，这位正妻如此懵懂？

构筑家庭

内地某敬老院八十四岁老妇嫁予七十七岁阿伯，另一敬老院中，八十九岁阿婆嫁给六十六岁大叔，两对夫妇都领了结婚证，传媒用到"姐弟恋""黄昏恋"之类的话语。有人真信老人们的结合是出于"恋"吗？我是不信！

"恋"是需要荷尔蒙的，老人们身体内器官早已退化，体液、脂肪濒临干涸，怎会再分泌出许多荷尔蒙？一纸婚书并不代表真是异性相吸引，他们其实是借合法途径，名正言顺地同住一房合组家庭，相互慰惜共度寂寞余生。

有位好友婚姻失败，她说从未对任何一个男人动过真情，她有才华有美貌，一般男人入不了她的眼。她的婚姻仅是走了个过场，也未曾体验过男欢女爱是个啥滋味，但婚姻留下个孩子，母女二人相依为命，总归是有个温暖家庭。

旧式婚姻为着传宗接代，陌生男女走到一起，有的夫妇终生无爱，有的说是先结婚后恋爱。今日之婚姻，爱情成分占多少更是难说。年轻人婚前大量透支性爱情爱，再无纯情相爱、纯洁婚姻之赞歌，真要唱来也显牵强。

但是，退一万步讲，家庭中无爱情可以有亲情，无亲情还有责任义务要尽；老人要反哺侍奉，幼儿须扶养成长；没有个家，人会流离失所或误入歧途，人类借家庭寻觅关爱，家庭的维持永远不可或缺。五月十五日是国际家庭日，该日子对增进家庭问题的认识提供契机。

偷听情话

　　十二岁女仔追求十三岁男仔，送卡、送生日礼物、打电话，一番热身之后，女孩终于说出"我爱你！"男仔本是单纯傻小子，吃饱喝足上学玩球，一天到晚挺忙乎的，还没顾及想"爱爱"之事，但自从听到这三个字后，平添许多心事，他后来有了响应，当然是接受女孩的爱："我也爱你！"

　　如今不少女孩早熟，主动寻找心目中的"白马王子"，少小牵手，同出同进，相互关心，已不是什么新鲜事。倒是做大人的，无法明白孩子们的所谓"爱"可以到达怎样一个程度？

　　以前的内地偏僻乡村，父母习惯早早为子女订亲，通常十岁前就把此事办妥了。孩子虽然还不太懂人事，但订亲前还是要让他们见一下面，彼此认识一下，这是例行仪式之一。

　　孩子们见面后说些什么？许多大人都会偷听。有一对分别为七岁与九岁的孩子，如此开始了他们的首次"情话"：

　　"听说你们村后山有老虎，你怕吗？"女孩问。

　　"不怕！听爹娘的话，别去后山就不会给它咬了。"男孩答。

　　"你怕辣子吗？"男孩反问女孩。

　　"怕！"女孩说。

　　"我就不怕，我吃的辣子比我爹还多呢！"男孩说。

　　"你家后院有猪圈吗？"女孩又问。

　　"有，我家两头猪可肥了，肚子一饿就乱拱，娘一生气就拿棍子打它们。"男孩说。

感情有价

感情是否有价？谁可以给一个圆满的解答？

一位原本不肯离婚的太太，终于首肯，在离婚书上签了字。

夫妻本是恩爱的，他们在家乡时虽然清苦，却互相体贴扶持，一起照料两个女儿的成长。但当他们移居大城市后，随着丈夫口袋里的钱愈来愈多，夫妻间的感情开始出现变化。

太太因病割掉子宫多年，丈夫封建思想作祟，总觉得没有儿子，香灯不继，怎算是好？因而对太太日渐嫌弃起来。男人有钱，不愁无女人近身，如此勾三搭四几年，一个年轻女子为他生下男婴，自此，丈夫的心再也回不来了，想要与妻子离婚。

太太很痛苦，但身边人劝她别犯糊涂做傻瓜，所以她以女儿不同意为由拒绝签字。丈夫本不想分太多财产予太太，但当拖到无法忍受时，终于自动提出，多给她一层楼，太太因此不再坚持。

丈夫梦想成真，甩掉了"黄脸婆"，可安心去培育儿子了。人们都替这位太太不平，二十多年感情的付出，竟以两间物业了结。

读书时只知"黄金有价情无价"，但这大半生的见闻，完全不是这回事，黄金固然有价，情也是有价的。有一女子对我说：他邀我联名买楼，那就同意结婚吧，其实我对他的感觉一般。

如果天平上一头是情，一头是楼，你认为哪头分量重？你会取哪样？还是两样都要？我知道贪心的普遍性，只是，辜负了人间真情！

柴米搭档

男女结秦晋之好，成为黄金搭档，蒋介石与宋美龄是一个例子。有书记载，一九二七年十一月一日，蒋宋大婚，新娘穿白色长裙，透孔面纱上还戴着小花冠，手捧淡红色麝香石竹花和棕榈叶子，两人双手交握那一刻，民国史上的黄金搭档诞生了。

有夫妻名分，又被誉为黄金搭档，其实是事业上相互扶持成分居多，至于爱情深浅反倒是其次。有时说谁谁是政治夫妻，谁谁是生意夫妻，夫妻前面那个词才是主角。谁与谁能做夫妻搭档，是上世恩情今世缘分，黄金与否，都是他人评价而已，并不重要。

有位男子喜欢图书，年轻时弄架车装满书籍，推到工厂区售卖，以此为生。上下班的工厂妹中有一位爱上了他，后来嫁给他生下两个孩子。男子是聪明人，一步步创业，终于开了间自己的公司。

小老板年轻英俊，许多女孩子喜欢他，他有了情人，相交八年，是朋友圈中公开秘密，唯独瞒住他太太。朋友们认为，他与情人无论志向、性格、外貌都极为匹配，简直是天造地设一对。而他太太则相差太远，痴肥、无知，持家本领弱，育儿能力谈不上，优点是百分百服从丈夫，维护家庭。

到头来怎样呢？还是丈夫不忍心伤害妻子，说服情人嫁人去了。丈夫说他与情人有共识，一生相知已足够，未必要厮守终生。太太在他艰难时嫁给他，他不可以抛弃，唉！做个柴米搭档吧！

温柔通向成功

美国有位男士，生前与妻子势如仇敌。妻子曾立誓，待他死后，将在他的坟前跳舞。所以，该男士临终前要求后人，勿为他建坟立碑，要将他抛入大海，以阻止妻子达到目的。

许多年前的伦敦郊区，也发生过一件离谱事，某女士手持扇子，对着一座新坟猛扇，见者问她所为何事？她说：曾向丈夫许下庄重誓言，将等他的坟墓干透了，才会重披嫁衣。

夫妻同路异心，乃人生悲苦之一，此等要在丈夫坟前跳舞喜乐，或急等坟干另觅新欢的女人，各有其因由，旁人难以评说。一般情况下，男性喜欢女性温柔甜美，如果妻子粗俗浅薄，这日子就过不好。

新加坡已故资政李光耀的伟大，不仅在于他从政治国的宏图谋略，他与妻子柯玉芝的六十三年婚姻鹣鲽情深，也证明他是德高望重之人。李光耀的妻子柯玉芝不仅沉稳善良，不在意丈夫不识浪漫，而且，她也从未想要改变对方。李光耀感恩说，一生最珍惜的事，始终是与妻子的相知相爱，他希望二人骨灰可以存放在一起。此等深情发生在两位优秀者之间，令人感动！他们是少见的绝配夫妻，李光耀的功劳簿永远与柯玉芝联名。

人类社会，男性以刚为上，女性以柔为主，刚柔相济方可和谐相安。柯玉芝无疑是聪明的，她将女性特有的温柔转化为魅力，影响一个优秀男人的同时，也成就了自己。

守住面包

爱情对于年轻人来说，有着梦幻般的美丽，但是在现实生活中，爱情与面包是分不开的兄弟，没有面包填饱肚子，爱情便维持不住热度。整日卿卿我我花前月下，那是文学家笔下的爱情。当人到了"春光依旧人空老"时，爱情也只是一种责任罢了。

本港有位大作家，二十世纪八十年代的收入，已是全港作家之冠，有了钱，爱好自然多起来，先是收集贝壳，饲养金鱼，享受音乐，到钱更加多时，转而钟情起女人来。

他在台湾认识了一位美女，为了她，七年中不停地去台湾"旅游"，她要什么他就买什么，他所做一切，都只为博红颜一笑，直到有一天，当他再次按响她的门钟时，有个男人走出来说："此物业已易主。"他才怏怏然明白，天下无不散的宴席，亦无天荒地老的爱情。

他如果不是面包多了，恐怕也不会在养妻儿的同时又去养别的女人，他后来又一次"金屋藏娇"，这一次"藏"得更久些，到他携妻儿移民他国时，才将那个女人独自留港彷徨。

写来有趣，我很奇怪这位前辈，在外边不断有女人，但对于发妻又可恩爱逾恒。也许，他受传统礼教熏陶至深，坚守"糟糠之妻不下堂"；也许，为了儿女永远有丰富的面包吃，不想令家财分崩离析。

游戏人间只可一时，我们不是神仙，不可能餐风饮露。爱情既古老又时尚，而面包又何尝不是甜美诱人呢！

风斜雨急处

几年前，她的生理现象出现混乱，看了专科，医生说："更年期的正常反应，不必紧张，尽量放松心情，保持乐观情绪。"

她任职教师，平常习惯了的上下课时间以及学生们的嘈杂，此时竟令她难以忍受。当可以休的假都拿光后，她不得不硬着头皮去学校。为什么由一个喜爱工作的人到厌倦上班？而且疲劳感日趋严重？她将这种种不愉快，都归咎于丈夫长期冷待她，不体贴关心她，使她的不良情绪在更年期爆发出来。

她开始夜夜失眠，有时好不容易睡着了，又觉胸闷气短，心脏不适，她坐起身喘气，好一些，一躺下又憋得慌，连番折腾下，丈夫也睡不踏实，冷言冷语道：不等你得心脏病，我先要疯了！

她的脸色精神大不如前，终于因昏晕被送去医院，检查出心脏确实有问题。她在医院住了些日子，回到家中总觉哪里不妥，儿女都已有异性朋友，不常回家吃晚饭已有一段时间，所以，他们不急返家不足为奇，奇的是，原本天天下班就回家的丈夫，却变得常在外面有应酬了。

那年，她与丈夫都是五十岁，生活不再风平浪静。古人云："风斜雨急处，要立得脚跟。"可惜，风斜雨急之际，到底有多少人可站稳脚跟？她与他的脚跟便移动了。因着对丈夫的怨恨，她向左走去，寻获到其他慰藉，他向右走去，他们的缘分从此擦肩而过。

择偶量化

内地一位大学生在相亲节目中说,有红娘认为基于她的身高、体重、家庭条件、思维方式等,可以嫁两千万元资产的男人,而她自己则想嫁个五千万元的。

她见了一个"富二代",对方看不上她,第二个相亲对象不是"富二代",又遭她嫌弃。她后来虽说出"实现人生价值,是可以通过自己的各方面努力,不一定非要找富二代。"但其择偶的量化取向仍是被人耻笑。

某女星嫁给"十亿"富豪,某主播嫁给"百亿"富豪,她们的"富贵"生活经渲染,令许多青春少女想入非非,以为幸福可以不劳而获,有快捷方式可走,因此,审视自己的美貌有几分?自家经济条件如何?可以嫁给富一代富二代还是富三代?这种幼稚思维把婚嫁弄得商业化,好像在做买卖,嫁钱比嫁人还重要似的。

既有爱情又有物质的婚姻,是现今人们普遍的追求。男女择偶,内心多少都会有个"标准",但要掌握好这个标准,不能过于物化和量化,颇考智慧。总之,只要色而不迷、贪而不婪,便无可非议。

现今女子有学识资本,有独立人格,绝不会再走旧时女性盲婚哑嫁之路,"剩女"现象正是从某一角度反映了社会的进步。最新数据指本港"三"字头女性,三人中有一人是单身,她们中许多人是专业人士,薪金高视野广,即使身家有五千万但品性不高尚的男人,也难令她们委身下嫁。

婚姻隐患

十八九岁时见过一对新婚夫妇，相貌身高都令人称羡，女的有孕，肚圆如鼓，丈夫陪出陪入表现体贴。

听到人们在背后的议论，说他们是大学同窗，曾因两女争一男的三角恋闹得不可开交。大学毕业时，男的原打算与另一个结婚的，但这一个病倒了，男的于心不忍，陪了她一段时间，发现怀孕只好结婚了事。事件中的三人都痛苦不堪。

据说那男的很优秀，在工作单位表现出色，只是笑容话语不多，年长的女同事都同情他，认为他被"挟持"了，说他老婆的柔弱和病痛装的成分居多，娶这么个纠缠上身的"有心机"女人，一辈子咋过呢？

最近在博客看到一篇文章，讲到一位男子中风了，他不担心自己的病，只害怕留不住妻子，因为他突然明白，几十年来一直冷待妻子，没有关心爱护，他的笑容宁愿给别的女人也不给妻子，他们的婚姻如同他今次中风，左手摸不到右手，也是"中风"了。

文中有些语句令人回味："不要让一个女人适应孤独，一旦她适应了，也就不需要你了。""不懂爱的人，慢慢懂了。懂爱的人，却不再爱了。"

"婚姻中风"这词很贴切，类似上面那对年轻夫妇，从结合一刻起，已带有"中风"隐患，如果双方有心维护感情，也许可经营出一个健康美满的家庭，反之，则一定是爱意渐趋单薄，一方愈冷，另一方也终有一天不再爱了。

求婚失败

　　熟悉的一位女子年龄直奔三字头，当男友建议一起去巴黎旅行，她以为会有求婚场面发生，考虑着到时是接受还是拒绝？不过，整个行程男友都无特别举动。

　　最近，朋友们相约在山顶搞聚会，每人须带一件乐器。那日夜晚，头顶皓月当空，脚下灯火闪烁，朋友们突然同时奏起浪漫求婚曲，男友不知从哪里拿出玫瑰花及戒指盒，单膝跪地，向她求婚。她愣住了，冷静几秒后，瞪大眼睛大声说："你做好一起生活的计划了吗？"男友瞬间语塞。

　　她的阿叔四十几岁时甩掉结婚十几年的妻子，另娶靓妹仔，她母亲说："遇不到可靠男人，宁可不要嫁。"所以，她并不急于走进婚姻殿堂，自己有很好专长，收入完全养得活自己，终身大事无必要操之过急。

　　她知道男友爱她，但也了解到他并无独立生活的能力。他是家中独子，赚钱能力普通，而且不会做家务，不会煮饭，连自身清洁也做不好，事事依赖父母，如果结了婚才教他学习生活常识，于她会是很辛苦的事。

　　另一个难于启齿的原因是，男友与前任女友相处近十年，因感情转淡分手，看男友情形，好似没事发生过，把这段漫长的感情经历完全不当回事，这令她难以理解，因而也要多看看再作打算。

　　求婚本是两人相恋到有默契时的举动呀，但她说：不成功的求婚多得是，当然不会上网，所以你们看不到。

钢表石表

近年接触嬷嬷婆婆较多，常为她们丰富的人生感悟倾倒。相对大批男人老到脏兮兮迷糊糊时，大多数老女人却是更为平和风趣。

一位嬷嬷说她年轻时做钟点工女佣，一次去到一个富户，那家老夫人叫她清洁冷气，她因为自家住唐楼，只有风扇，从未见过冷气机，所以她为难表示，自己无法将冷气机拆下来清洗，老夫人二话不说，自行除下两片隔尘网去刷洗，事后对她说："请你洗冷气，不是请你拆机。"令她十分羞愧，自知读书不多太愚蠢，暗下决心，一定要好好培养儿女，不要让他们再被人瞧不起。她自傲表示三个儿女都读完大学，连第三代都聪明过人。

讲到老公，她说他开了一辈子的士，很顾家。她从老公给她的家用中，常留出一点去银行做"零存整取"，当一笔钱到期，她就取出来大派用场。有一次，她去金行买了只钢表，回来对老公说："我知道你想要钢表，但我就喜欢石表，如果多加七千五百元，本来是可以买石表给你的。"谁知老公说："那就去换石表吧！"她跑去金行，对方说货已出门不可能是原价了，这表没能换成。

当她终于又存够了钱，花五万多元给老公买回一块劳力士石表。老公开的士时不敢戴，现在退休了，天天戴在手上，连去街市都戴着。她讲这些闲话时，我发觉快乐可以是无处不在的。

误会时时有

生活中常发生近在咫尺却误会频生的现象。

晚饭后，太太问先生："你想出去走走吗？"先生答道："不想去。"于是，太太心里不痛快了，自己说话已是商量的口气，遭果断拒绝，也太不尊重人了，所以，她也没精神去散步了，二人闷在电视机前，话不投机半句多。

先生见太太貌似不悦，心里烦躁，为什么你说什么我就要同意？你要散步自己去好了。

某晚，先生正专注地吃着盘中蒸鱼，妻子说："这条红星斑二百九。"先生呆了片刻，突然将筷子狠狠拍在台上："我吃你的啦！"其实妻子毫无意图，纯是句无话找话的废话，误会就此造成。

又一天，先生打电话回来"晚上有人约……"，太太无好气地说："又不回来吃饭了，是吗？""不回来吃了，怎样？""随你便！"太太气恼地挂断电话。先生本来是想说：晚上有人约他们到哪里去参加一个活动，顺便一起晚餐，谁知话还没说完，就吵了起来。

男人成长的世界中，养成较硬朗的性格，话语常常是一种角力，潜意识里要占上风。许多丈夫以强硬态度、命令式口吻对待妻子，尽管自己不觉得在欺负奴役对方，但久而久之，妻子内心必生反感，一有时机便以牙还牙。

女性心理是，话语是用来表达感受、寻求肯定或支持的，身体欠佳、心情不好、工作太累，言外之意，无非是希望他人关心一下，但往往词不达意，造成误会。

阴阳调和性情

某家养老院有对年迈夫妇，出入同行，感情好得令许多单身老人羡慕。尤其是那位公公，腰板直挺挺的，绅士风度十足，一看便是知书达礼之人。

几年后，婆婆去世，剩下公公一人。公公的性格渐渐变得冷漠，谁与他打招呼，起初还看一眼、哼一声，后来连哼都不哼一声了。再后来，公公的脾气更加糟糕，简直变成了另外一个人，谁不小心碰到他，他就出手打人，饭菜不可口，粗口也爆了出来。等电梯时，他拨开众人，又开双腿，站在电梯门前第一个进去，出电梯时，他仍是要第一个出去。

其他公公一早已嫉妒他，现在看他这副德行，背后都在摇头。一众婆婆见到心中"白马王子"变坏了，好不失落。

院领导见公公此情景，向他儿子建议道：看来公公难适应孤独生活，给他找个伴吧！儿子问：到哪里去找伴？不如麻烦你们帮帮忙吧！

院领导问了几位婆婆，可愿意与这位公公交朋友？有位婆婆反应积极，在院领导安排下，婆婆与公公多些接触，关系亲密发展，不久婆婆便住进了公公的房间。同居头一晚，其他公公婆婆都睡不着，第二天一大早就聚在一起等他们一起吃早餐。

终于等到二人打开房门，当看见他们手拉手走向餐厅时，大家都觉得喜事成真。从此，婆婆月省一大笔房费，公公则又变回原先那个儒雅老人。在此事例中，男女调和性情的功效可见一斑。

相濡以沫度春秋

愈是年长，愈能感觉亲情的可贵。古人曰：父母在世儿女不远游。但如今社会，再无人遵循此一庭训，哪里适合生存便去哪里，父母无权阻止，儿女也未必有能力照顾父母。因此，老年人往往思念儿女却不得一见，唯有孤清清度日。那些已失去老伴的，就更是凄惨。

一句"少年夫妻老来伴"，包含着深厚的情理，你不信，我讲三对老夫妻相濡以沫的情形给你听。

过年那几天，天气寒冷，一列红磡开出的火车上，乘客中有两位六七十岁的公公婆婆。自上车始，公公便不断埋怨家里堆了太多杂物，有十几二十袋，十几年了都没见扔一袋，占着地方，令他看着不舒服。又说他的衣服没位摆放，他的西装被挤得皱巴巴，说着时，公公更解开大衣，让婆婆看他的西装是不是很皱。

婆婆脾气看来较好，公公说十句，她不过回个两三句，声音也轻一些。当公公说他明天下午要返工了，并露出得意神情时，婆婆终于反击他："不返工做什么？天天在家里吃喝睡觉，什么也不干，看着烦都烦死了。"周围的乘客听了都忍不住偷笑。到粉岭站二老下车时，还在喋喋不休地边走边吵。

第二对老夫妻的趣事发生在开往荃湾的巴士上。两老都有七八十岁了吧？居然还手拉手爬到了上层。老头的脑袋有点儿毛病，不停颤动，老太太坐稳后，伸出尾指为老头勾鼻屎，勾得出来后便随意弹，坐在他们附近的两对年轻人发现后都换了座位，老太太只当没看见，也许她真的不留意别人感受，她的眼里可能只有她的老头子。

第三对老夫妻也表现得挺恩爱。在开往罗湖的火车上，二人大概是从火炭上来的，当时车厢里挤满了人，公公一条腿跛了，婆婆好不容易把他拉扯上车后，就四处张望，寻找安置公公的地方。后来她看中一个小行李车，竟开口问那车主，可否将他的车放倒，让她老公坐在车上那个尼龙袋上。车主是中年男人，居然照做。公公一屁股坐下去，婆婆方才松了口气。

配偶间曾经的心灵律动，只是短暂几年，可以维持下来的婚姻，爱情早已转化为亲情，犹如一条旧毛毯，在一种不期然的平和及默契中，温润润的，挺亲切，有时也看着不顺眼，不过，回首又让你觉得心安。

人老了难免言行幼稚可笑，但不管是争闹也好，相互体贴也好，毕竟证明二人曾经心心相印，有过爱，有过痛，今天，心中的什么都结了疤，想震动震不起来了，想悔恨也没了那份精神。

所以，我说那些可以度过金婚的夫妻，才是真正的"并蒂莲"。不必细究，婚姻好与不好，无论怎样都是生活的形态之一，有人不离不弃地伴你走一场人生，这旅途总算不孤独，还不满足吗？

小别易分手

　　一位朋友离婚时，女儿仅三岁多，他却已四十几了。女儿由他带着，困难时没钱供楼，人老得特别快，没多久头发不见了十之八九。

　　他曾是个地毯商，有一年去天津某宾馆卖地毯，结识一位美貌服务员，年龄小他一圈。两人结婚后，妻子申请单程证也来到香港，因为语言优势，她做了忙碌的导游，一个月没几天在家。当她提出离婚时，朋友还蒙在鼓里，挺好的日子不过，要拆散这个家？当他得知妻子早已与一同行交往时，不得已放手，还她自由，但不许带走女儿。

　　夫妻小别胜新婚自然好，因分隔两地情转淡也是不得已的事。眼前的男男女女合眼缘合脾气的，一杯酒一餐饭一个身体语言就可能成为情侣，有时情难自禁，况且远水解不了近渴。

　　某位聪明女人将孩子交给可靠人抚养，自己步步相随从商的丈夫，她被人称为"跟得夫人"。她的出发点是，保住丈夫就等于保住家庭，归根究底是为了孩子长远，孩子大了会明白她的苦心。她那个令多少女子眼红的如意郎君，如今仍留在她身边。这女人经历几番风雨，保住家业，将是最后胜利者。

　　记者职业也像导游、商人一样，需离别伴侣外出工作，难不免会发生问题。相识的一个女孩，曾横刀夺爱，破坏了男同行与同居女友的感情，当那男仔决定重回女友怀抱时，令她受到很大伤害。

心的情意

昆明四季如春盛产鲜花,曾记得二〇一四年竟遭遇降雪天气,玫瑰花被冻得所剩无几,令情人节花价大幅上涨。那年本港一枝红玫瑰标价百来元,仍有痴情人买九十九枝送女友,北京上千元一朵彩虹玫瑰,情人节前更被全部预订,爱情之价何其高!

红玫瑰美丽而芬芳,象征情人间的热恋,相比郁金香、勿忘我、紫罗兰等同样可表达爱情的花更受人们喜爱。正如歌词中所唱:"玫瑰玫瑰心儿坚,玫瑰玫瑰刺儿尖;来日风雨来摧毁,毁不了并蒂枝连理。"有情人以玫瑰表达心的誓约、心的情意,期望与伴侣风雨同舟天长地久。

我们这代人对感情的表达比较含蓄,本人印象中没有收过玫瑰花,心底里当然是希望有人送的,哪个女人不爱花?某年情人节,一位老妻在街外热烈气氛下曾对丈夫暗示:"今天是情人节。"丈夫答:"对呀!是情人节。"便没有了下文。老妻明白他的意思,情人节关我们什么事!如此不解"浪漫"的大丈夫,要他掏荷包买玫瑰哄你开心?可能性真是太小了。

今年情人节夹在春节与元宵节之间,老妻当晚热情做了顿晚餐:清蒸石斑、红烧虎皮虾、鲍鱼片炒甜豆、肉碎酿豆泡焖菇,外加青菜及猪尾汤,一餐饭不足五百元,实惠过买几枝玫瑰插入花瓶!吃完正餐,稍晚再煮黑芝麻汤圆,老妻将心内盛开的玫瑰赠送全家大小情人。

灵魂伴侣

郎平五十五岁再披嫁衣，她说已找到可依靠的肩膀和伴侣。

郎平对夫婿的评价一是知识渊博，二是非常大度，认为他们之间的交往，有如心灵相通的老朋友，在精神层面相处融洽。

爱有多种表现，年轻时花前月下卿卿我我是爱情，中年时养儿育女转变为亲情，老年时相互扶持更是爱情和亲情的升华。爱情与亲情的精髓都是一颗慈善的爱心，心怀广义上的爱，最是现实。

有的男人，曾经瞒天过海，随心所欲，但最终，他还是舍弃外面的一切，回归家庭，依赖老妻，爱护儿孙。

有的女人，曾经怨声载道，心无宁日，有一天，她突然平静下来，会更加细致地建设安逸温暖的家庭。

家庭永远是夫妻的。退一步讲，儿女长大离巢了，远在他方，久久才探望一次，老夫老妻毕竟还可日夜做伴说说话，不至于冷清清家无人气。

再退一步讲，儿女对父母冷漠了，难道去求他们热情起来？低三下四只会适得其反，千万别做这种蠢事。唯一可做的，是老夫妻相互慰藉，后辈有后辈的喜好，老人可以有老人的追求，安排生活一切在于人为。

夫妻白头到老，是千年修来的福分，值得珍惜。有的老夫妻冷战起来长年累月不说话，哼都懒得哼一声，他们心里悲叹无爱的婚姻：真要冤家路窄绑一世吗？

　　实在过不下去，当然可以散伙，不过，退多两步想，多做精神交流，寻找共同话题，像朋友般相处，也是一个明智的选择。

洋娇的故事

（一）

那年，我初到曼谷，为了应付日常用语，不得不找了一位林姓老师教我泰语。有一天，我照常到林老师家去上课，一进大门，发现有位少女坐在那里。

林老师笑盈盈地介绍："这是洋娇，已经跟我学了一年泰语。"

对方缓缓起身，双手合十，用泰语向我问候。

"这是亚碧，初来曼谷，你们一定会说得来。"林老师把我介绍给洋娇。

以往一小时的课我觉得很长，因为林老师站在那里，教我读一个个字母，我虽是付了钱的，仍觉一对一的教学太浪费，心有不安。而那天，和洋娇一起上，却自在多了，似乎林老师教两个学生，其辛劳会较有价值。

从此，我便常与洋娇见面，不知不觉间，我们成了好朋友。

地下有流水，人间有苦痛。我眼里的洋娇，仿佛就正处于痛苦之中。她只有二十一岁，正当人生葱茏岁月，花一般年华，举手投足，言谈笑语，应该充满青春活力，但洋娇不是的，她那大大黑黑的明眸内，时不时闪过几丝恐慌，一些忧伤。

洋娇确实很漂亮，一张圆面孔，白白净净，五官俏丽端正。还有那披肩的长发，乌黑浓密，令人产生抚摸的冲动。

有一天，我们外出碰上大雨，路面积满了水，交通一下子堵塞起来，洋娇说，她的住处离这里不远，邀我去那里暂避一下。

洋娇的外祖父是生意人，有四位太太，这栋五层高的大屋住了许多人。洋娇说她前两年住在这儿，三楼仍留着一个她的房间。

"那现在住在哪里？"我有点疑惑。

"碧姐姐，总之我现在不住在这里了。很后悔到泰国来，但现在让我回去，又不甘心。"

洋娇大致透露了她的身世：她母亲八岁的时候，外祖父回到中国带走了外祖母。母亲长大后，由伯父母做主，嫁给一位中学老师。婚后不久，母亲发现丈夫与他人有私情，一直哑忍，生下长子、次女及洋娇后，母亲便半身瘫痪了。

在洋娇高考落榜的第二年，外祖母的弟弟，洋娇口中的老舅回国探亲，见到洋娇家的情况，经不住洋娇母亲的恳求，最终答应帮三兄妹中的洋娇办理出国手续。

洋娇初到曼谷时，外祖母对她比较照顾，外祖父月月给她零用钱，其他家人虽讨厌她的到来，但明着也不好说什么。慢慢时间长了，外祖父的热情退却，洋娇感到经济上要仰仗别人实在痛苦。

她外出工作过。一间旅游公司看在她老舅的面上收了她，但洋娇泰语说不来，英文又不行，不能读不能写，只好跑跑腿做做杂活，每月挣的钱正好与外祖父停发的零用相等。公司里的小职员将她当难民看待，对她的收入之微更是讥讽嘲笑。洋娇愤然辞去工作。后来，她也学过做发型，也到餐馆工作过，但这些工作被外祖父知道，认为有辱门庭，逼她停工："你有地方住，有得吃，还不安分知足，整日在外乱跑什么？"

全家人中，仅有外祖母是真正心疼她的："洋娇，等你出嫁时，我给你五十万铢作嫁妆。"五十万铢？对一贫如洗的洋娇是多么诱人的数字啊！对这日后将到手的钱，她兴奋地做过一番打算。

（二）

人之真快乐在家庭中。洋娇很羡慕老舅有个温暖和谐的家。她也很想有真正属于自己的家,有一个疼爱她的男人永远伴着她。

从洋娇来到曼谷之日起,老舅就在为她物色男人,不过,对洋娇有兴趣的,都是些让她一听就够一看就怕的中老年男人。这些人初见洋娇,便将她由头到脚地看,似要弄清楚她的真实"斤两"。显然,他们在乎的是洋娇的青春美貌,洋娇也深知自己的价值仅在于此。这些男人,没有一个家里是没有太太的。

上高中时,洋娇曾暗恋过一个才华出众的男同学,她的心为他燃烧了整整两年。他考上大学,走了,再没见过,也许,他已有了心上人,他不会知道,曾经有一个少女,将心中的初恋献给了他。

来曼谷后,在林老师处,她曾经对一个从中国来的男孩子有过好感。她挂念他,见到他时,却又不敢注视他。如果他主动一些,她很想扑到他的怀中,向他哭诉内心的一切、一切……可是,又有什么可能呢?那男孩子的境况更不如她,两只破漏的小船拴在一起,遇到风浪,会更加颠簸,沉入水底的危险会更大。

我一连三周没有在林老师家见到洋娇了,她虽给了我们她外祖母家的电话号码,但我们知道她不在那儿,而且想到她外祖母家那一张张冰冷的脸,我和林老师都不敢打电话去。

当我又一次去林老师那里,得知洋娇身体不舒服,她约我周四去她住处。林老师递给我一张纸钞及洋娇的地址:"洋娇来时常带礼物给我,这钱你帮我买些水果,并代我向她问候。"

在一个古老街市附近,我好不容易找到了洋娇的住处。房间还算宽敞,地板清亮洁净,光脚踩上去凉凉的很舒服。房内一张双人床,一个小衣柜,一张桌子,较奢侈的物品,恐怕就是那个摆放在窗户旁边的冰箱了。

我席地而坐，喝着洋娇倒给我的冰水。她看上去气色还好，不太像有病。她切开两个芒果，也坐到我对面的地板上。

我们闲聊了一阵，洋娇说："碧姐姐，你中午不要回去了，我们叫两碗粿条来，我冰箱里还有鹅肉和半条清蒸鱼。"

"好的，只是给你添麻烦了。"

"没什么，他不来的时候，我不常煮饭，随便吃点儿冰箱里的东西。"

他？他是谁？我看了一眼洋娇，她也自知说漏了嘴，一阵不安与沉默。

"他为我租了这里的房，每周六来陪我一天，其余时间说不定。"洋娇终于开口说起了"他"。

"你结婚了吗？洋娇。"

"碧姐姐，今天别问我了吧，我以后让你见见他。我告诉他，你会写文章，他也想与你做朋友呢！"

（三）

在老舅给她介绍了一打半男人后，她心灰意冷了。无望中，她同意了李先生。他给她的印象要比其他人好些，举止较文雅，目光也不那么放肆，尤其是，他答应将来正式娶她做第二房太太。

一个周末的下午，我应李先生的邀请，在一家餐厅与他们见面。洋娇打扮得很漂亮，一套纯白色纱裙，一双白色皮凉鞋，显得她美丽可人，她那天也比往时要表现得活泼些。

李先生叫了几样小菜，有海鲜、鸡、凉菜拼盘等，他不时往我们的杯子里添冰加饮料。李先生大约五十开外，保养得很好。他身上美中不足的，是那个圆鼓鼓的肚子，皮带只能象征性地扎在肚眼下方。当他与我提起他太太时，洋娇借故走开了。

"我太太是个不坏的女人，很能干，我有今天的小小发达，她帮了我不少。可是，年龄愈大，竟愈和她说不到一起去。我到底是个唐山人（指是华人血统），她是十足十泰人，从未去过中国。"

"你因为和她说不来，才找的洋娇吗？"我看他一口流利华语，说话还算诚恳，便也直爽起来。

"不完全是，太太只生了两个女儿，她有毛病，不会再生了。在洋娇之前，我曾找过两个泰人女孩子，都是生活习惯合不来，又不本分，让我给断了。其中一个听说后来生了个女婴，我看也没看，给了她们一笔钱，让她去另外嫁人。"

"我家业说大不大说小不小，没有儿子，始终是人生一大憾事。为那两个泰女，太太与我闹到感情几乎完全破裂，唉……"

李先生的深重烦恼，在这一声叹息中暴露无遗。

"你太太知道洋娇的存在吗？"

"会猜到一点，她说怀疑我常借故不回家，是在外边又有了女人。"

"如果你太太知道了坚决反对，你怎么办呢？"

"很快就有结果了，再有几个月，洋娇可以生了，如生下男孩，我就正式娶她，太太反对也没道理，我又不是停妻再娶。"

噢！原来洋娇不舒服是因为怀孕。

"李先生，如果洋娇生下的是女孩呢？你就不娶她了吗？"

"哪里，哪里，只要洋娇真心对我，我不会对她不负责任。"

此后不久，李太太发现了洋娇的住处，时不时去找李先生，经历一段时间的不愉快，洋娇真的病倒了。

"碧姐姐，我怎么办呀？外祖母不喜欢我给人做小，不理睬我了，老舅要李先生现在就正式娶我，可李先生不肯，说要等我生下孩子再说。"

"你和李先生感情到底有多深？你爱他吗？"

"说什么爱不爱呢？情义远在天边，我这辈子不会遇到什么情深义重的男人了。况且，我已有了他的孩子……他每次来，除了有时带我出去吃吃饭，基本上都是在这房间里纠缠我。他不在我觉得孤独，他在我也觉得孤独，有时真想跑到马路上去，让车撞死我好了。"洋娇说着这些话时，眼泪静静地，不断地滚落下来。

洋娇早产，住进了医院。我和林老师匆匆赶去探望。望着洋娇憔悴的面容，无神不安的目光，我们心里很难过。

早产儿要做些特殊护理，大家都没有见到婴儿。听门外的声音，是李先生的："护士小姐，三号房的女人到底生的是男婴还是女婴？"听得出他很焦急。

"女婴，是个女婴，刚才已经告诉过你了。"护士语带不耐烦，她的拖鞋跟"得得得"地敲着地板远去。

好一阵寂静，静得能让人感觉到汗毛孔在排放热气。终于，外面楼道又有了脚步声，那也是远去的脚步声。李先生走了。

床上的洋娇轻轻抽泣起来。突然，她呼吸急促，嘴唇渐渐发紫。医生来时，她已处于半昏迷状态。医生说她的心脏有问题，先让她休息几天，然后做彻底检查。

洋娇的孩子刚过满月，一天，林老师打电话来："亚碧吗？洋娇去世了，明天下午三点，我在她外祖母家附近的那间寺庙等你。"

我不愿相信那是事实，然而，盛装躺在棺材里的不是洋娇又会是谁呢？洋娇在这个寺庙里接受超度，很快将被炉火熔成灰烬。

洋娇是心脏病发，赶往医院途中，死在老舅的房车里。

情逝义还在

　　本港女富豪宝咏琴，与前夫离婚后一直心生不忿，其前夫曾公开说："阿琴，有事大家唔好出声，侧侧膊，算啦！"有大丈夫息事宁人之气度。宝咏琴后来患上乳癌，医治逾十年受尽苦楚，于二○○三年去世时仅四十九岁。葬礼时，前夫到场致哀，毕竟共同育有儿女，做不成夫妻也不必做仇人。

　　另一名媛薛芷伦离婚多年后，在一次体检中也发现患上乳癌，她首先通知的人是前夫，因为觉得他最值得信赖。前夫立即接她返回大宅与孩子们一起居住，方便照顾。在整个抗癌过程中，家人陪伴在侧，令她有安全感，减轻了痛苦。前夫对她关怀备至，二人对子女更是悉心照料，每逢节假日一起过家庭日，子女放假又同去旅行，延续着亲情关系，离异夫妻再见亦是朋友。

　　薛芷伦相貌标致身材出众，前半生风光无限，但患病后，电疗与化疗弄得她全身溃烂，嘴唇肿胀，面目大为改观。每次出席公众场合，旁观者看得揪心，甚至认为她已不再适合抛头露面展示"美貌"。

　　薛芷伦不同于常人，大难不死，令她学懂活在当下，她不想躲起来，而是积极面对人生，希望有一番事业。近年她与朋友合资开办高级中菜厅，进军饮食界。餐厅开幕那天，前夫带女儿到场支持，见他轻扶前妻后腰，态度亲密自然。她，始终是孩子们的娘，情逝义还在啊！

人生相逢在慕秋

（跋）

　　慕秋站在一群女人中，便是「鹤立鸡群」一词的形象画面。她高挑的个子随时随地都引人注目，可她偏偏低调为人，向以踏实宽容给人留下深刻印象。

　　殊为难得的是，慕秋入世很深，却又很理想化，有时甚至天真得很女孩子气。这是我们既能保持个性差异，又成为投契之友的原因。

　　生活中的慕秋是很有些真知灼见的：往往别人兜兜转转仍未明白的道理，她一开始就参悟透彻；他人还在将信将疑，裹足不前，她已欣然前往，一步到位。而她明快高效的实干能力，使她将奉献视为乐事：凡事都是这般勇于付出，全情投入，对工作、对家人、对友人。我无数次收到她的礼物，品尝她亲手种摘的"吃肉的木瓜"（施了肥猪肉），承蒙她静悄悄地助我排忧解难。

　　2005 年，我们的共同朋友、多年文友曾琤在稻城亚丁猝然离世，悲痛之余，我俩更有了一种精神上的守望相助。至少在我，凡是重要的事，都会对她倾吐。我信任慕秋。

　　慕秋充满现代女性的智性，生活精彩而极之有品味。可贵的是，对中产阶级生活深有体会的同时，她仍不失对草根阶层的同情和关注，这要归之于她的善良和正直。而说到她思想的深度和精神的宽度，不得不提到她的底子：她出自南开大学哲学系，既能形而上，又能形而下。在她跟前，我永远有一种被看破的感觉。

不过，她从不教训人，她能容忍你的幼稚，等着你慢慢长大。

本书中有不少篇目谈论投资理财、家居育孙、爱情亲情……乍读之下，特定意识形态下成长的读者，也许觉得不太接榫头，未能完全切入自己的频道，但是如果你了解香港是一个复杂丰富的社会，你或会感激作者无私给予的小百科全书似的指南。

慕秋豁达开朗，从不定于一尊；能上能下，对生活永远保持一种兴致勃勃的姿态："我的人生位置也非常明确，协助子孙成才、煮饭种花打稿，直至干不动那一天。"

此跋题为"人生相逢在慕秋"，意在表达：我与慕秋一场相遇，在人生，亦在本书。作为读者，我珍惜她文中传递的每一个信息。《情逝义还在》结集了她近年的一批专栏篇什，这些接地气的文字，如从人生中打着滚儿出来。较之先前出版的《错配》，本书更多地聚焦于情和义。慕秋在序中直抒胸臆："情深义重，是人格境界的光辉所在，是道德修养的试金石。"此书献予"情深义重有品有德的人们，特别是勇于奉献、独立自信的女同胞。"

很高兴，能藉此跋，见证情义。是为跋。

央　然

2016.11 暮秋